藏一座城在书里，藏一段时光在心间。

豫园，给我的印象却一直是金粉色的，它藏在闹嚷嚷的市井中，颇有『中隐隐于市』的意味，里面的精致与繁复不可比拟。

豫园

宜徽带我在古猗园里吹泡泡。七岁的孩童，在园林里最为随意的表现方式之一，大概就是吹泡泡了。

古猗园吹泡泡

夜慢慢地暗下来，华灯初上，百乐门的门楼上，由雕花板拼成的玻璃银光塔，如水流般倾泻着闪烁不定的霓虹，在暗蓝的夜空里展现一个深深笑涡。

百乐门
PARAMOUNT
PARAMOUNT

钱锺书一家曾于一九四九年早春寄居蒲园某宅之三楼，钱杨二人的生活，依稀有着《浮生六记》情味。

蒲园

文庙书街是隐匿于一堆高楼之中的，感觉它更像古人遗落的一支箫管，随手丢弃在喧嚣的闹市中，时代覆盖的灰尘渐渐增厚，可是仍然不失它的古韵风姿。

文庙旧书店

夹竹桃显然是宜入文的，正衬着上海小姐那副小家碧玉的样，榴红衫子、湖绿撒花裙子，很有些讨巧的意思。

夹竹桃

白茶，白茶，只是轻声读来，
就被一种温润的茶香气息包围，
让人不断拂下心尘，慢慢修炼成
一枝花。

白茶

# 海上风情录

鱼丽 著

中国旅游出版社

统　　筹：周华诚
责任编辑：王佳慧
责任印制：冯冬青
封面设计：中文天地
插　　图：施欣仪

图书在版编目（CIP）数据

上海　海上风情录 / 鱼丽著 . — 北京 : 中国旅游出版社，2021.1
（一人一城）
ISBN 978-7-5032-6567-9

Ⅰ. ①上…　Ⅱ. ①鱼…　Ⅲ. ①散文集 – 中国 – 当代
Ⅳ. ① I267

中国版本图书馆 CIP 数据核字（2020）第 179483 号

书　　名：上海　海上风情录

作　　者：鱼　丽　著
出版发行：中国旅游出版社
（北京静安东里 6 号　邮编：100028）
http://www.cttp.net.cn　E-mail:cttp@mct.gov.cn
营销中心电话：010-57377108，010-57377109
读者服务部电话：010-57377151
排　　版：北京中文天地文化艺术有限公司
印　　刷：北京金吉士印刷有限责任公司
版　　次：2021 年 1 月第 1 版　2021 年 1 月第 1 次印刷
开　　本：889 毫米 ×1194 毫米　1/32
印　　张：8.875
字　　数：164 千
定　　价：49.80 元
I S B N　978-7-5032-6567-9

版权所有　翻印必究
如发现质量问题，请直接与营销中心联系调换

# 与一人，踱一城
## （出版说明）

一座城，伫立在历史长河边，披着时间的柔光，看岁月流转，世事变迁。它静默不语，却内涵万千。它的故事，远非走马观花、匆匆打卡可以领略；而是要点一炉香，温一壶酒，与它对坐，慢品细读。

“诗和远方”并不是“生活在别处”，所谓的“别处”，亦是彼岸人家的日常烟火。一座城的故事里，历史波澜壮阔，山川沧海桑田，在彼时彼刻，都是一户户人家寻常日子的点点滴滴。

“爱养心识”，才能“策发神解”。当我们奔波在现代生活的高速轨道上，需要不断地回溯来处，以便汲取滋养心灵的能量，明晰未来的道路和生活的方向。“一人一城”系列即着眼于个体对城市的品读、体悟，每个城市邀请一位当地文化名人作为“向导”，深入城市风貌、历史风情、过往人物，以及街巷市井、在地美食、时下生活。作家用微温的笔触，带领读者深入城市的角落，行走之间，让一座城市的气质、气息、气韵自然浮现出来。我们相信在这样的个人视角中，一座城市在漫漫光阴里沉淀下的温暖，将会浸润和拥抱我们的此时此刻。

本系列的作者们，都在当地生活多年，对他们所在的城市有深刻的体验、观察，他们与那座城市耳鬓厮磨，读城，读人，读生活；文字里不减其厚重，又添如许亲切与灵动，字里行间，处处贴着地气，洋溢着生活的细节与微光。而这也是我们所特别珍视之处。相信这个系列，将带给读者不一样的阅读感受。

第一辑定位为“诗意栖居 × 人间烟火”，三本书分别为鱼丽的《上海　海上风情录》、金泓的《苏州　吴门酒一杯》、吴卓平的《杭州　钱塘风物好》。

在大众的印象里，上海是繁华魔都，是十里洋场，总是带着一股精英范儿，气场强大，像“穿普拉达的女王”。但在鱼丽珠灰般的笔调下，这座东方大埠，于一茶一饮间氤氲成独属一人的岁月光影。老城厢、百乐门、电车，行经的园林、海上名人故居，还有闺秀、植物、美食，以及习画、写字、女红……林林总总，都落到了日子的肌理里，触手生温。

苏州是一幅水墨画，像吴冠中的，也像丰子恺的，是想象中的江南情致。金泓是土生土长的苏州人，他写水墨色的街巷和古镇，写粉墙和花窗，他也写二十三岁的叶圣陶在吴县第五高等小学办图书馆，办商店，组织演出，开辟农田——所谓的大教育家，也不过是在这样的每一天里好好做事，让人感觉亲切而鼓舞。

杭州曾是中国人“江南意象”的重要组成部分，它向世界输出了丝绸、茶叶、瓷器以及“诗意中国”的东方哲学。而现在，它是全球互联网与全球数据网的重要一极，有望向世界输出云计算、移动支付，以及数字中国的杭州方案。80后的吴卓平以媒体人特有的新锐笔风，将这座古典与现代完美交融之城的人文精神与市井风情呈于纸面，把“新杭州故事”讲得风生水起。

“与一人，踱一城”。我们可以在书里，跟随一位当地文化名人，去翻阅一座城市的前世今生，我们也希望您能和生活中很重要的亲人、朋友、伴侣，慢慢地踱过一座城的街头巷尾，去触摸时光在那里留下的斑驳痕迹。

在人人向往“诗和远方”的新时代，我们希望旅行不是一场出走，而是一次通过文化细读实现的生活回归。这也是在文旅融合背景下，我们对“城市旅游”的一种期待。如果说“乡村旅游”要通过回忆乡愁，唤起人与自然的和谐，那么与之相对应的“城市旅游”，要追寻的，则应该是通过文化体验，实现五彩生活与隐秘心灵的平衡。

“一人一城”丛书编辑部

2020年10月

## 序言

# 珠灰色的鱼丽

汪凌

鱼丽的身上有着两面性，这是我在逐渐接近她，尤其是她的文章之后，才发现的。其实，我们的渊源可以延伸到十几年前同在复旦读研究生的辰光。我们分属中文系不同的专业和导师，却是同年，因而编在一个大班，大课都是在一起上。可是，虽在一个大班，宿舍也相临，也算经常照面，却因为专业不同，也因为我们同属内向拙于言的人，反而在校期间，没有太深入的交流与交集。总之那时的鱼丽，于我有点像是“熟悉的陌生人”。我想，大概我在她的印象里也如此吧。

后来我们毕业了，真正各奔东西，我北上到北京，她留在了上海，如果没有意外，两条曾经有过交叉的墨线，可能就越拉越远了。这个“意外”其实也在意料之中，还是文字的因缘，从何而起我已记不得，大概我写过的一些书评小文，得到她的欢喜；后来又彼此关注对方的博客，我们就书籍，就文章，就行走过的地方，反而在网上，话多了起来。其间，因一些出版事宜，我们也有些来往。这样，在现实当中，像毛边纸上写一笔长长的兰花茎叶，我们的联系时断时续，或深或浅，不多，却也不曾间断。一晃眼，就是十几年的光景了。

言归正传，鱼丽的文章，我也是在毕业后才看到，当时给我的感觉是清新秀雅。不过因为我在媒体供职，又在现当代文学领域探寻追踪，话题往往严峻沉重，于时事旧闻多深省、常指摘，因而她的清秀不大能引起我的共鸣。后来，斗转星移，心随物转，我个人的兴趣与研究到了某个阶段，出现了严重的“倦怠症”，厌倦了那些和意识形态牵连太多太深的纠葛与恩怨，也因为一些变故，我的阅读出现了转移，向中国传统文化典籍靠近，又兼喜植物，又曾习书法。这时候，我对一直沉浸在中国传统雅学的鱼丽感到了亲近，发现十来年的涵养，已让她脱去青涩，而如此圆润蕴藉。

鱼丽的散文都是她平日里目有所见，心有所悟，落于纸上，积攒有年，中途便结绳记事，留下一个文字行旅中的印迹。如她所言，不是宏大叙事，而偏于细致微观，讲过眼的书、行经的园林、海上名人故居，还有随季节变化而变幻的风霜雨露、草木花叶，以及习画、写字、女红……以及，这些林林总总一物一景和小物件在她心底泛起的小涟漪。

看上去，她的行径都是有意而为。像海上名人故居，以前也听她讲起一句两句的，不承想她的心思是如此缜密，安定坊、尚贤坊……一个个探访过去，怀想曾经的风起云涌、人物故实，敷展成文。尤其江南那些精致玲珑、匠心独具的文人园林，也去一一探访，玩味再三，成为她梳理承载自己心绪和兴致的小舟。所以她写园林，是偶然的无意间，另辟了一条路径。学者写园，须处处有来历，笔笔不离规矩；建筑家写园，是只见建筑之美，不见人情世故。鱼丽的园林，本是读书读多了，又兼日以编读古书为业，耳濡目染，日积月累，自然而然生发出寻幽探秘之心，平常人眼里的亭台楼阁，在她眼里心中，都能吹皱一池春水，吹出一串串五彩晶莹的泡泡。她漫步于当下小路僻径，怀想追慕古人情怀，“慢慢走进去，走进另一个梦境”，即便是眼中见了今人，也在想象中幻化出古人故事，完成一个悠远诗意的情境。就感叹，平常人游园，读不懂其间妙处，嘻哈一番而出。鱼丽是个内心颇有乾坤的女子，这样，游园即如读画、临帖等诸种文事，一笔一画的细微处，以及曾翻覆其间的古人沧海桑田，都一并检索而出，于是游园游得兴味盎然、流连忘返。

鱼丽为文最特别的，大概是善于调动多方感受，色声香味触之间，无所挂碍地穿梭转换，行文便灵动，字词便五彩缤纷、流光溢彩。想来，这得益于她日常的习字作画读诗，喜园林、爱植物，对绣事、音乐等亦多有涉及。因此，颜色、字的间架结构、声音、瓜果花卉，当然还有她已烂熟于心的古诗词句和典故……所有在手边的东西，她都随手拈来，成为摹事、绘景、状物的手段。这种通感的运用，使她描述一物、一人，或者一种主观感受时，丰富异常，有旁人所不见的光影在纸面上流溢。比如她讲

“深秋的食物也是有颜色……”五颜六色荟萃一堂，文意虽颇清冷，却因这些颜色，而有了些许热闹和暖意，以及烟火气，这样的家常日子，过起来才是有滋味，并且有情怀的吧。她的文句，有着小词小令的节奏，有时铿锵，有时温润回环，有时词句“噌噌”在舌尖齿缝中弹出，颇有趣味。文字之精妙，在她是如拨弄珠玉，“大珠小珠落玉盘”，有乐感，有形质，还有色彩。也因此，她的文章有着难得的声律音阶之美，音节铿锵，缓急间隔，朗朗上口。

鱼丽文字的好本不止这些，其他人自能读出自己的兴味。我是觉得，她的文章，真是干净，甚而至于寂了，有点冰心玉洁，在世声中独自开着淡淡的芬芳。她的笔下，多涉雅事，却是，太过安静。她的文字，当得起“诗意”，却少了点“葱茏”的暖意。她是生活在内心的。在“消夏书”里，她讲团扇上的仕女人物，恍惚间，她也像团扇上的仕女，从扇面上走下来，讲一讲古，然后是不是又要回到扇面上？在我，当然是希望她的文字多些温暖。当然，她也有若干游记，加入了些许世声与时事，让她孤峭的行文不再显得“寒意微凉”了。

总体而言，借用鱼丽标志性笔法，我想用“珠灰”形容她的文字。“灰”是情绪心境的底色，但有了微明闪烁的“珠”，就不是庸常的琐碎，而有情有致有趣且有品了。

她的两面性是什么？看她人，宽阔锐利颇有豪迈之气；而她为文，心思细腻婉转却到了极处……

# 目　录

## 第一辑 >>

## 典藏风情

第二辑 >>

## 感旧往事



第三辑 >>

## 四季书笺

# 第一辑 >>

# 典藏风情

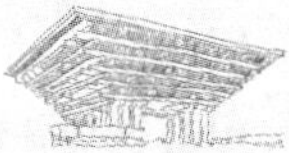

DIAN

CANG

FENGQING

# 老城厢

最初，引起我好奇心的是“城厢”两个字，又单纯，又驳杂，散发着一种古色古香的铜器铭文味道，氤氲着《清明上河图》般的市井喧闹。

据史料上说，明嘉靖三十二年（1553），为了防御倭寇侵袭，在当时的上海城建造起了环城墙，城墙内称“城”，城墙外热闹处就称“厢”。老城厢这一名称便由此立了起来。后来，虽几经变迁，这里渐失了旧时的喧嚷，但是，人们仍可以从老城厢的一砖一瓦，寻觅历史演变的痕迹。

可随时间流逝，老城厢面容慢慢不清晰起来，时光像个木工，弓着腰，拿着一把锉刀反反复复地锉，它逐渐被锉得粗糙模糊。粗粗望去，老城厢弄堂里的石板连同房子的山墙、屋顶全都歪歪斜斜的，就像画家笔下夸张的线条一样。路边的街道，缠绕、曲折，很有书法中狂草的意味。

迈进老城厢，就像打开一个沉重扎实的老箱子，阳光里，细尘纷飞，一股深浓的樟脑味儿扑鼻而来，里面琳琅满目，什物丰盛：古色古香的豫园，儒雅雄浑的城隍庙，文质彬彬的文庙，像一些质地紧密的值钱什物，密密地压了一箱底。

有趣的是这里的弄堂名儿，青莲路、丽水路、梧桐路……精致而美丽，常常吸引我风尘仆仆地走向它们。记得有一次路过丹凤路，竟让我立住走不动，直感路名竟起得如此不俗，可又惊讶于这弄堂的破败短促，还没开始就匆匆结束。有时，从这个弄堂到那个弄堂，连个过渡也不需要，显得特别的直来直去。

冬日里，老城厢隐在灰色的天空中，像幅铅笔画，给人钢冷的感觉。只有开了春，春姑娘在这里添一点儿粉，那里抹一点儿绿，那藏在弄堂里的一点一点的绿色才会活起来，融进去这灰的背景中，那钢冷的硬的感觉才慢慢地软和了，老城厢整个的表情也才柔和些，才有了点儿水墨画的味道。

老城厢太旧，该拆的都差不多拆了。在时代进程中，人们经过内心的挣扎，对老城厢选择了放弃，这实际上昭示了一种变革的痛苦。

建筑是凝固的音乐。丁酉年（2017）五月，编辑的一本《百年老西门摄影集》出版，摄影师们经过细致选择，将老城厢地区一部分富有历史文化内蕴的代表性遗存拍成照片，书中对老城厢地区，对环城中华路、人民路上的豫园、文庙、大境阁等人文遗存，多有浓墨重彩的展现与描绘，那馨香久远的历史场景仿佛又重新再现。老西门，是老城厢的核心城区，也是上海的一个重要地标，既有丰厚的历史积淀，也有日趋繁华的城区。

当年建成的城墙，曾设有六个城门，其中西面的城门定名为仪凤门。“仪凤”，是凤凰的别称，宋代苏轼在其《延和殿奏新乐赋》中写道：“歌曲既登，将叹贯珠之美；韶音可合，庶观仪凤之来。”如果从最早的源头算起，老西门至今已有近五百年历史，可谓人杰地灵、名人荟萃。在上海文庙勒刻的石碑上，有进士两百七十九名，其中在老西门出生的有明代大科学家徐光启，明礼部尚书、大书画家董其昌，现代著名教育家叶企孙，中国近代小学教育家、梅溪书院创始人张焕纶等。徐光启故居，总会引人驻足凝神、沉思默想，这位二十几岁就中秀才的智者，和意大利传教士利玛窦先生共同翻译了《几何原本》（前六卷），是引进西方科学技术、开创中西文化交流的先驱，倡导海派文化的开先河者。其实，在老西门居住过的名人还有不少：明廉吏艾可久、著名民主革命家黄炎培、中国同盟会成员沈缦云，现代著名教育家吴若安、创立上海民立中学的苏氏四兄弟（苏本炎、苏本立、苏本铫、苏本浩）、创立民立女子中学堂的苏本嵒五姐妹，中国早期女子体育教育创始人之一王季鲁、著名妇产科医学家王淑贞、“冠生园”创始人冼冠生、“蓬莱市场”创始人匡仲谋、乔家栅点心店创始人李一高、创办上海小桃园清真寺伊斯兰师范学校的中国伊斯兰教著名学者达浦生等。每次来到人杰地灵的老城厢，仿佛能看到一个个古老的背影，从历史深处走来，大道上回荡着绵延不尽的足音……

这里有历数不尽的历史遗迹风情，让人不禁观仪凤之来，叹贯珠之美。只是那跨越百年的街弄，听名知史，就令人兴叹：一粟街、大兴街、大吉路、大昌街、也是园弄、小桃园街、中华路、少年路、文庙路、半径园弄、艾家弄、白漾弄、安澜路、光启南路、西仓桥街、乔家路、乔家梵、吾园街、静修路、学前街、虹桥弄、凝和路……望云桥，因形如跨虹，站在桥上如虹中望云；梦花楼，因楼近昔日的半泾园，园内奇花异草四季常开，睡在楼内有如花丛中做梦；梅溪弄，原为小溪，称半段泾，有道观称小蓬莱，小泾沿岸广植梅树，又叫“梅溪”；仪凤弄，以原城门仪凤门命名；铎庵，原为旧上海城著名的僧寺之一；半泾园，是清雍正年间赵东曦别业，园中遍植桂树、杏树，有楼台亭榭、小桥流水，因前傍半段泾，故名；白漾弄，原有一泓水塘名白漾；光启南路原名阜民路，取舜弹五弦之琴以歌《南风》“南风之时兮可以阜吾民之财”……这些蕴含人文历史的街弄，如今依然给人以无尽的遐想。

夏日午后，翻阅一本《上海民居风情》的画册，品味一位画家对上海日渐消失的旧日风貌所做的精妙速写，其中有关消失的老城厢的细致描摹，继续给我以精神的安慰与视野的延展。

从画面上看，老城厢显然适宜速写，在粗线条的画笔涂抹之间，很容易表现出老城厢的热闹风情。在画家的笔下，保存了卖梨膏糖的挑担人、卖五香豆的小店，还有明清风格的雕梁画栋、古色古香的老街以及窄窄的弹格路、老虎灶、七十二家房客，这些渐渐消失的老城厢风景，都在纸上一一复活。

在画家的眼里，这些陈旧的老式民居点是上海滩火热的、自然的一大块生活面，它承载着上海昔日的创业艰辛，记录着上海人奋斗图强的痕迹。所以，老城厢尽管是拥挤的，但它那平易的姿态是极易让人亲近的，引人敬仰的。因而，他的速写是包含了慈悲之心的，他极力抓住老城厢流露出的那潦草的美姿，用熟稔的画笔梳理那迷宫一样的弄堂，密集如麻的街道，展现一幅幅老城厢民居风情风貌，让人忍不住要被他那朴实无华的、充满灵机的画面所感染。

合上画册，很长时间了，才渐渐走出画家那份朴拙的忆念，只觉得，那弯曲的弄堂街道，落满了斑驳的风霜；那苍茫的檐角烟霞，仿佛流动着一丝妩媚。在迷离的夕阳下，感觉老城厢唱的是一支大俗的民谣，漾起的却是大雅的清韵。老城厢的俗与雅，在历史的注视中，因老而构成了一道风景。

# 金粉豫园

江南的园林，总会使我想到中国南方的砖瓦，那细密岑岑的瓦鳞在月光下，冷冷地闪着青辉。而豫园，给我的印象却一直是金粉色的，它藏在闹嚷嚷的市井中，颇有“中隐隐于市”的意味，里面的精致与繁复不可比拟。随便翻动与这片土地有关的画册，就可以看见呈局部的定格。

这座古园，有“东南名园之冠”的美誉，已走过了四百多年历史。豫园原是一座私家花园，建于明代嘉靖、万历年间，园子最初的主人潘允端，上海本邑人，是当时刑部尚书潘恩之子，曾任四川布政司使。为了孝亲，让父亲安享晚年，他从明嘉靖己未年（1559）起，就在潘家住宅世春堂西面的菜田上，聚石凿池，构亭艺竹，建造园林。取名“豫园”，是因为“豫”有“平安”“安泰”的含义，园子是为“豫悦老亲”所建。

豫园原占地七十余亩，由当时著名的园艺家张南阳设计。张南阳晚年有三大杰作，另外两座是陈所蕴的日涉园、太仓王世贞的弇园。张南阳历经十八年，在近三十亩的园林中尽情挥洒才情，精心营造亭台楼阁、假山流水。豫园仰山堂旁的假山，由取材自武康的黄石堆成，就是这位江南叠石名家的作品，也是豫园里留存的明朝唯一的作品。豫园现占地三十余亩。这也可以理解，园林这样的古典物什总是越来越萎缩，便也因此显得难能可贵。随着时代的发展，在钢筋水泥的丛林映衬下，豫园更像精致城市里的一个异数，仿佛有股浓重的金石气。

几次去豫园，均被那迷宫式的街道给弄得晕头转向。曲折迂回的通道，像是由数个“卍”字盘环而成，构成一处幽密的场所。只有随人流走至九曲桥，才找到坐标似的，方得走出原先的路径。后来，慢慢熟了，才觉察出它像一个自成体系的一方土域。周围交错纵横的窄弄，像是若隐若现的纹路，在这块人口密集度极高的区域，小心翼翼地延伸，进而汇流至豫园这里。

和这份热闹相衬的，是小刀会的传奇。在红阁角亭、绿波锦鲤点缀的园里，有一处“点春堂”，因宋代文豪苏东坡的诗句“翠点春妍”而得名，“点春”有看喜欢的戏曲和演员的暗喻在内，对面就是一座大戏台。雕檐画栋的门楼，粗笔勾勒，掺杂着些人工雕琢的痕迹。“点春堂”曾是太平天国时期上海小刀会起义军的指挥所。而今，这些惨烈的故事，只能在戏台上重现，又打又闹，显得热闹，又透着时光流逝的枯寂，显示出两种美感：华丽繁复的美和平淡素净的美，二者时有进行，混杂在一起，有种时空交错的感伤意味。

在“玉华堂”前，临水而立有三座石峰，中间一座，便是有些名气的“玉玲珑”，它与苏州留园的“冠云峰”，杭州的“绉云峰”，合称为江南园林的三大名石。这座奇石，相传是宋代花石纲的流散物，立在这里已有四百多年的历史了，展示着它那份“皱、漏、透、瘦”的艺术美。在我看来，它已宛若化身为一块玉，生命中有一片永不黯淡的光彩。

几百年风雨过去，史海沉浮，名园命运几多坎坷，也拥有多重身份：既有精致江南园林之气息，又有商业场所之繁华，还有祈福圣地之祥瑞。一九六一年，经过复建修缮后，豫园对社会开放，文豪郭沫若游园，以诗记下它的千秋之名：“玲珑玉垒千钧重，曲折楼台万姓游。坐使湖山增彩色，豫园有史足千秋。”

在时态上，豫园一直保持的是过去时，让人读之，觉得语境颇有些模糊不清。而且，豫园的笔调也显得浓的很多，是不吝用墨的，甚至是不留天头地尾的，以示才气的潇洒。虽然包裹在烟火气的上海老城厢里，可它一定在尘世的时间之外，有它自己丈量时光的刻度，就像墙头盘卧着的那条长龙，虽能丈量出豫园的长度，可是它生命的厚度却无法载量。历史的时光，仿佛有着一种坚韧的不露锋芒的力量，总是在最硬处一根一根地断裂。

混迹于人群中，来回穿梭。人声喧哗，熙熙攘攘。明清的时光，也仿佛凝聚在此处，拥拥挤挤的。周围的路一时显得颇为有趣，弯曲折回，像是讲究着韵律，路名也仿佛天生有一种平仄的美学在里面，个个像册页中扁宋的泥金字，镶嵌在这一方小城里，点缀闪光。在我看来，那些瓦檐、亭台、楼阁，亦是如此，个个相携相扶，顾盼有情，痛痒相关。渐渐地，品味豫园的故事，就像是读一篇打磨得极好的短篇小说，里面有着我熟悉的语境，隔一段时间，便穿梭其中，仔细地触摸着那华丽的、繁复的词句。

# 古猗园

在这座园里，我首先闻到的是花气。是梅花的清气，虚虚地为园林勾勒出了一个轮廓，清一虚一淡一雅，这就让这座园的底色起了浓重的变化。

花气是园林的底色。以往来此，因是夏季，园内多荷，鸳鸯亭、白鹤轩、戏鹅池，皆有荷，碧意浓淡相间，仿佛是绿色的堆叠、游移、拖延，在园林这张素纸上牵连移动，较为舒缓地描摹了园林的夏日气息。而现在呢，园内的梅花，用的是水墨洇染笔法，并不围聚一处，而是散开来，像淡墨一样，散散点点在各处，让气息缭缭绕绕。

女儿宜徽吹着泡泡，在梅花的花气里穿行，一串串晶莹剔透五彩斑斓的泡泡（我把它当作园林里的圆润音符），扭动着欢快的身姿，把那混沌薄弱的花气，给冲破了。

《朱敦儒词集》中，有写梅花的词句："粉瘦香寒，独抱深心一点酸。"在园林里回味这句词，尤有意味——这深心里的一点酸，就是词人的文心吧，也是一座园林里的匠心。古人造园时的匠心，如朵朵梅花般攒聚在一起，年经日久，浸润体悟，慢条斯理地于深心处泛出一点儿酸。还有："天供闲日月，人借好园林。"白居易的诗直白，直白地描摹出我游园的心境。其实，游园，并不仅仅是品味一段风景，品味的还有闲居日子里的心境。古人今人，真正的时空转换之中，并没有段落，更没有连接。白居易的诗是可以折叠、拉长、变形的，像一串泡泡吹浮至今。

建于明嘉靖年间的这座古园，由当时嘉定竹刻家朱三松精心设计，以"十亩之园"的规模，遍植绿竹于园内，筑亭台楼阁，并刻千姿百态之竹景，处处生动典雅。古猗园，是明人随意经营的结果。随意是一种态度，这样才能经营出味道。古猗园，原名"猗园"，是因"绿竹猗猗"得名。但是，后来加上一个"古"字，就有了更深一层的味道。在我理解，这古，并非是为了说明时代的古，而是心境的古，与闲，与静。正是因为一个"古"字，倚靠在"猗"字上，每一念及此园，我才觉出它之闲、之静、之远。

我已闲居数日了。想起白居易的诗，不由得兴起，学学古人，也要借一个园林。古猗园，离我住处很近，只是一条道路的延长线。

宜徽带我在古猗园里吹泡泡。七岁的孩童，在园林里最为随意的表现方式之一，大概就是吹泡泡了。

我们的游览路径，是由泡泡来完成的。它飘向哪里，我们就追到哪里，并不循规蹈矩。我也不需寻章摘句。我的任务即是——陪女儿吹泡泡。她的技巧比我高超，常常比我吹得更大更圆，这让她兴高采烈，兴味更浓。在暖暖的春阳下，她的笑声，像一串串泡泡冒出。

——好大。好彩。宜徽每吹出一个成功的泡泡，都兴高采烈。

宜徽吹出的泡泡很随意，像衣袂飘飘的古人，贴着水面在飞，沿着花径在飞，顺着斗拱在飞；有的被风吹起，飞快地掠过落羽杉的树梢，又飞向微音阁的飞檐翘角；有的飞快地吹落在地，碰触到由黄石、青石、卵石、青砖、青瓦铺成的冰裂纹、蝴蝶、水仙等铺地。这些随意飘散的泡泡，让我观看园林的视角有了些变化，也有了些随意。

泡泡落在了戏鹅池的不系舟画舫之处。我很喜欢“不系舟”的题名，这让戏鹅池有了些活泼泼的灵气。如泡泡一般，这灵气是一点点地从岩石、山壑间缓缓升起。不系舟是泊在荷花池畔的一艘旱船，始建于明代万历年间，原为园主的书画舫。“不系舟”三字为吴中书法家祝枝山所题，意为不畏风浪、不用系缆之故，透露出他作为明代文人的一种心理状态，也仿佛为这座明代画舫雕刻出一扇漏窗，让我们能一瞥古人欢聚于此的幽深心理。后来书法遭毁坏，由清代名医和鸿舫重题。舟上有清末进士廖寿丰撰书的一副对联：“十分春水比檐影，百叶莲花七里香。”诗句清丽，颇有意味。

中国古园，在水边建舟船建筑，成为点缀一景，如北京颐和园昆明湖中有清宴舫、北海有画舫斋；扬州瘦西湖有亦舫、何园有船厅；南京煦园有不系舟；苏州拙政园有香洲、狮子林有石舫、怡园有画舫斋。上海嘉定秋霞圃有舟而不游轩，青浦曲水园有舟非居水。连远在岭南的清晖园、余荫山房等也都设有模仿珠江“紫洞艇”的船厅。这些泊在水边不能泛游的旱船，除了装点园林之外，也是园林主人曲折抒发胸中情感的一种途径，蕴含着浓郁的理趣。

在南翔民俗风情景区，我摘抄了若干俚语与俗语，这是当地文化的一部分。女儿对此并不感兴趣，她感兴趣的是吹泡泡，与植物。她让泡泡停留在一些花上、草丛中，乐此不疲，那是她的大千世界，和五彩童话。

有一个男孩，站在一个高高的亭子处，也在吹。一串串的泡泡，往下飘浮，纷纷触及了灌木丛，随意地打转。突然之间我有些好奇，不知古代的孩童，在明代的这座园林里，他们玩的是什么？也有吹泡泡吗？

宜徽吹出一串泡泡，击在南翔照壁上。照壁上，记载的是南翔白鹤一飞冲天的故事。相传距今一千五百年前的梁代天鉴年间，有人在此挖土发现一白色巨石，此后有对白鹤飞来栖于石上，因德齐和尚在此建寺，白鹤南飞一去不返，后人怀念白鹤而将寺名更为白鹤南翔寺，南翔古镇由此得名。壁石上多绘有亭台、植物和三两古人。今天的游人，虽然多了些，但也并不人头喧动。园林深处还是会寻到些许宁静。那宁静，时而被游人的喧哗给七零八落地分割了，时而又归拢齐整，有一种纯粹的静谧。

古猗园的精致与清雅，让人忘了我所在都市的繁华与喧嚣。古猗园毕竟气质娴雅，它和豫园的金粉气截然不同，它的本质是属于人文江南的。在一本《人文江南关键词》书中，收入了“苏州园林”一词，并以“苏州园林：一个无法回避的人文江南的典范”作结语。显然，把“苏州园林”列为江南园林的代表，但是，我以为表述为人文园林更好。因为，江南园林不仅需要代表，还需要的是个性。古猗园的个性在于，它属于海上园林，却又融入更为广阔的江南文化。它是南翔古镇的一部分，它的飞檐翘角是有悠久历史的。它绝不限于上海园林。它属于江南，属于更为宽广的地域范畴。限之于“江南”这个词，无非是为了说明一种格局和味道。这味道和地域水系有关，还和人的心理层次有关。

古猗园里多是些典雅的明代建筑，厅堂、亭廊，秀美精致，连成一片：逸野堂、梅花厅、春藻堂、翠蔼楼、柳带轩……它们漫不经心，烘托着这座园林的气质。一一看去，宛如碰触到泡泡柔软的边缘，而里面呢，那文人雅集的胜景，那曾有的欢歌笑语，犹如泡泡裹着的五彩世界，永远处于虚幻之中，让人触摸不到。

猗猗绿竹、幽静曲水，翠霭楼前微风静谧，梅花厅前有馨香飘过。对于古猗园的优美景致，前人写道：“清秋时节名园胜，芳草对奇花，亭台阁榭，砖甍碧瓦，相映参差。曲栏杆外，游人划艇，歌笑声哗，含蕾秋菊，苍松翠柏，高树归鸦。”我想，这是对古猗园颇为贴切的描绘了。

园林里在猜谜语，古代称为打虎。这是民俗，古猗园里很适宜举行这样的活动。我看了若干，思索了片刻，竟没有射中一个。

噗的一下，宜徽又吹出了一长串泡泡，一长串园林的春天梦境。

# 丁香花园

豫园、古猗园、醉白池、秋霞圃、曲水园、汇龙潭……沪上之园，大多有着诗一样的名字。

数年前，我工作的地点离华山路很近，常常于午休时分行至那里。并不太宽的街道两边，是长势高大的法国梧桐。深冬里的行走，显得郑重其事，散淡地漫步过去，两边都是保存完好的二十世纪四十年代之前的建筑，两边的围墙栅栏很有点儿欧式风格，透过铁栅栏往两边看进去，庭院幽幽，树木挺拔，有许多场景令人难忘。印象最为深刻的，自然是李鸿章的私人花园，名为丁香花园。它声势浩大，以至半条街上有丁香别墅、丁香公寓等诸如此类，皆冠以“丁香”之名，可见它影响非同一般。

起初去时，因为季节因素，呈现在我眼前的是一番惨淡的隆冬色调，灰褐、紫褐、青褐，拥拥挤挤地堆积在一起，不宜细描。记得，曲折逶迤的花墙，只秀丽地探出身姿，像一个个芜杂的琥珀，里面的生命状态被时间的容器一一封存。砖红的外墙，稀疏的青苔，蜿蜒起伏的龙墙……给人感觉“庭院深深深几许”

的意味。虽只是惊鸿一瞥，但就此便留下了它的倩影。

我曾经这样写：我爱园。曾有个朴素心愿，若有闲暇，当走遍天下之园。当然，这只是个渺茫的痴想罢了。不过，凡是关于园的，便有些兴味，想去看看。之所以有这一想法，或许是因为园林是会有故事的吧。而平时，也努力地翻寻着和园有关的点滴，想象其中的来龙去脉。

对我而言，丁香花园即是如此。其实，初次接触丁香花园，便被它深深地吸引住，是因为从命名上来讲，觉得其中的浪漫成分大过现实意味，有一种缥缈难言的情绪，任我在那样寒肃的冬日，怎么样也把握不住。最为遗憾的是，丁香花园并不对外开放，所以，它更给我一种神秘之感。这种感觉有点梦幻的成分，是在游览其他园林中没有过的。它就像一个概念一样浮现在我的记忆之上，它的颜色就像是灰蓝色的。一至天阴，颜色立刻暗下去，在那么狭小的地方，努力地做着经营，让人想象着它内在的意味。

据史载，丁香花园建于十九世纪，由美国著名建筑师罗杰斯设计，属上海最早的中西合璧花园住宅。如此正儿八经的介绍，让我感觉并不过瘾，心想也许坊间还有传说。后来翻闲书，果不其然，原来，丁香花园正有个绕不过去的浪漫旖旎的故事：当时，由于李鸿章在上海开办了许多军事、航海、纺织等工业，经常住在上海，而晚年娶了年轻的丁香当姨太太，但丁香不甘心当小老婆，又与正室及其他的偏室不和，李鸿章为体念丁香，就请人营造了一处私家花园，供丁香居住。这便是丁香花园名字的由来。但又有一说，此处应为李鸿章之幼子李经迈的住宅。李经迈为庶出，是姨太太莫氏所生，在李家遭受歧视。李经迈幼时长相瘦弱，颇得李鸿章怜爱，恐其难自立，晚年曾为之买下一批房产，归其使用。李鸿章去世后，因其庶出，几个兄长都看不起李经迈，就把当时不值钱的股票和地段最差的房产分给了他。谁知李经迈看似弱不禁风，却善于抓住各种市场机会，使手中的股票和地产增值无数倍，后遂成巨富。他名下除丁香花园，还有枕流公寓，也在华山路上，建于二十世纪三十年代初，在当时堪称一流，有“海上名楼”之称。当时影坛当红明星“金嗓子”周旋曾在此住过多年。

其实，李氏家谱中根本没有丁香这个人，也就是说李鸿章从来没有过丁香这个姨太太。也许是因为丁香花园的名字太引人遐想了，就此让李鸿章背负了百年“艳名”。这位丁香花园主人当年在清末的洋务运动和弱国外交中翻云覆雨，如今却早已被雨打风吹去，只留下幽深静谧的花园和后人对其是非功过的评说。

阅读至此，仿佛当初的感觉向下压了一压，略微呈现弧形。一时间，丁香花园仿佛更与彼时所感受到的神秘色彩相纠结着，亦如同紫色，在夜雾下淡淡弥漫开来，却又让人难以一时触摸得到。回想起来，华山路的深浓华美，也如同一幅油画，那凋落的枯黄树叶，一层层地铺叙，显得高贵、华丽，覆盖了所有的艺术想象。而丁香花园则像小幅的水彩，画风颇显灰暗的深紫，它小巧玲珑地依附在华山路街面的一角，显得朴素而温和。

丁香花园属于纯粹的中西合璧，是融西洋花园官邸建筑与中国江南园林于一体，既有生活情趣，又充满艺术韵味，是真正的沪上之园，也更显私人性质。我在一本介绍上海名人故居的书中，看到对丁香花园的描述，它的内容是具体饱满的，是可以把握的，具体点说，是一点儿也不浪漫——甚至连一句可摘引的诗句也没有，这让我是有些沮丧的。但是，因为所了解到的故事，这使得对它最初的感觉仍是起伏可感的，沧桑之意也就此是浓厚的。

其实，不为人知的是，丁香花园除了藏娇，还收藏有许多珍贵的书籍和古物。李鸿章是个收藏家，所以在丁香花园里建了两幢别墅，分别为一号楼及三号楼，一号楼为丁香所住，三号楼就是藏书楼了。据说，园内除植有蜡梅、紫藤、梧桐、香樟、雪松、玉兰、桂树等植物，更是广植丁香，映衬着白墙红瓦，令人赏心，每逢丁香花怒放时，又是另一番景致。紫色神秘的丁香，还有浓浓书香的藏书楼，在时光的簌簌流淌中渐渐显影，仿佛有生命的印痕划过，曾经郁郁葱葱。

苏州的赵践老师说，她想写一本有关园林故事的书。我说这个体裁好。或许因为，园林的梦境是由故事而经营的，人们对之进行过的无穷无尽的想象，正是基于各式各样的故事之上的，这样的园林，这样的故事，我是期待着阅读的。

后来，又多次经过那里，丁香花园也以多种变换的季节姿态，给我以美感，但最初的那种印象却一直无法替代。它于隆冬之日的那种文体上的温和典雅，让人既熟悉又陌生，既有着音调上的美感，又富于美学的意味在内，让我隔着多年的时空，仍然努力去读懂它内在的情蕴。

# 沪上『西园』

词是诗余，园林是都市的“梦余”。

古猗园里，斜生一树桂花，散布着海棠盈盈——园子里，一点儿也听不到外面的声音，静得像一幅画。记得松江的醉白池里蔷薇也多，梅树俏丽，桃红色，浅浅的，像宋人院画，很工巧。住的地方离城越来越远，却越来越接地气，去园林游玩，看植物开花，不再是一个富贵的梦想。

入夏时分的秋霞浦，有芭蕉摇曳；深秋的桂林公园，桂子飘香……沪居多年，明清时代的园林像一幅画卷般展开，四季皆宜，似可做一篇长篇随笔了。

与园林有缘。女友颖春初来上海时，寄过我一张相片，现在回忆起来，正是在豫园拍的。她像一朵盛开着的秋菊，倚靠在太湖奇石玉玲珑边上，体态婀娜多姿。几年后，当我也步入上海，豫园大名鼎鼎，自然先游的是那儿。二十世纪九十年代的豫园，在沪上的东部，去过数次，城隍庙一带，拥挤而狭窄，总觉得那儿人多嘈杂，烟火气太盛。于是，打心眼儿里，就喜欢上了那些处于市郊的沪上之园，幽静，雅僻，小家碧玉，粉琢可爱。

游过了“东园”，又整日里穿梭在林立高楼之间，就更想游“西园”。

沪上“西园”，错落有致地点缀在青浦、嘉定、松江、南汇等地，多处郊野，既有油画的实，亦有国画的韵。有本怀旧式的画集，描摹出来的“西园”尤感如此——细笔青绿的园林，点染其间，感觉也由浑厚转为细密。画家的雅意也就在于此吧。

去的最多的是古猗园。松桧梧柏，翠竹猗猗，极园林之胜。有次冬天去，下了点儿薄雪，细巧地覆在那屋宇的薄瓦上，很有点儿西园小雪的味道。这种小型的冬天况味，于都市的高楼之间，自然是少见了，因而它在我心中留下美好的影像，我曾为它撰写过几篇随笔，那些性情文字，正如沪上的冬雪，薄薄地敷染了一层，稍添了些优雅之气。

只记得，淡季去时，那园子很清幽，老树很多，园子里绿荫怡人。走在一团一团的树荫下，仿佛能感受到古人的优雅。

在园林里缓步慢行，节奏不是那么快，像缓慢地翻阅手卷，也会遇到许多美好事物，那是一种松弛、一种缓慢。逍遥步西园，内心纵然婉转深沉，可绝不心如止水，只是慢慢品味属于自己最好的光阴。

在日落前的一瞬，夕阳残照已经挪到我书架最上边的一格。满室皆暗，只有书架上边无限明媚。明式风格的书橱里，写园林的书有好几本，没事翻翻，设想古人是如何优雅古穆，也是一桩乐事。王峥赠送的《书与画》杂志，已经集起好多册了，平常闲暇时分翻翻，书页之间，颇觉水流潺湲，风竹相语，草木自馨。人间清旷之乐，不过如此。

忽一日，就翻到了一幅画:《西园雅集图》。——画中，以“之”字形的曲水分割画面。水流时隐时现，有藏有露，有机地将画中景物串联起来。一干文人雅士，或写诗，或作画，或题石，或拨阮，或看书，或说经，正是宾主均极尽宴游之乐……米芾还为此图作记，正是:“水石潺湲，风竹相吞，炉烟方袅，草木自馨。人间清旷之乐，不过如此。嗟呼！汹涌于名利之域而不知退者，岂易得此哉。”

在中国文人画的园林图式里，读到了那么一句：人间清旷之乐，不过如此。感觉不俗。如果读懂了西园雅集，也许就慢慢读懂了中国文人画的这层文化襟怀。

西园雅集，可与晋代王羲之“兰亭集会”相比。我对画名很好奇，为什么叫西园雅集？而不是东园？原来古代时候，地广人稀，比较适宜建园，那时候，人们喜欢在西园玩。想那时候，那些车马客，联翩而来的心情是何等风雅与荣耀，西园自然也无上荣耀起来了。只可惜雅集之事，历经百年已零落殆尽，空余一幅图画，记其清游而已。

西园雅集无疑是文人性的，其中有丰富的故事情节。相比东园，我喜欢西园。曹植有“清夜游西园”的诗句，听上去就清清爽爽的，在这样芜杂的时节，多利落。他的文人气质也显现出来了。曹操就不同，动不动“横槊赋诗”，那是政治家的气概，与西园是不搭界的。所谓建安风骨，骨在曹操，风是少不了曹植的“西园遐想”的。

可惜了，现代的生活少有西园，现代人浮躁，满嘴商业经济、贸易往来，只怕连听雪莱的《西风颂》的激昂也没有了。

在那样的高压之下，曹植的闲赋吟也并不是真的闲赋吟吧。就像现在，游西园的念想儿并不那么轻松。

西园好，风景旧曾谙。其实不必以偏概全。有西园雅集，必有东园雅集。那种闲适雅致的文人气息，和名士的风神格调，实际是一致的。

上海园林之佳美原也就有别于北方。许是我到上海之后，这些身处郊野的园子风物与我的精神气质天然相契，对园林的迷恋自然而然耐人寻味起来。

有位上海诗人，经常在微信上发些图片，有时是曲水园，有时是方塔园，诗人雅集，常在园林之处。这些园林雅集的风尚，现在还是有的，只是每天上下班，挤在地铁里，看着汹涌的人流，感觉那时光离我是如此遥远。

一次，与青浦一位《湖畔》诗刊主编同行，他提议说：青浦初秋的曲水园风景不错，到了秋天，如果起兴，可以以诗会的名义雅集一番。青浦位于上海市西部，曲水园因在大盈浦之旁，取王羲之《兰亭集序》中的“曲水流觞”之意。自从来上海之后，一直想去，却迟迟未行。听到这一消息，自然喜不自禁。

慢慢地，认识了一些上海的诗人，也读他们写的诗集。其中一位写松江醉白池的诗，轻灵、柔曼，有雾一样的梦境。现实依旧，唯有诗人的风雅，无处不在，他们像西天边，飘来泼墨似的云朵，边上仍沾有一弯一弯浅黄，勾勒出园林清晰的轮廓。

有次在南翔，经过李流芳的檀园，觉得园子很静寂，不时传来鸟鸣声，颇有诗人笔下，那“逍遥步西园”的意境，让人好一阵子向往。

# 复旦曦园

圣约翰大学、震旦大学、复旦大学、光华大学、大夏大学、大同大学、沪江大学——传说中的当年沪上七大私立名校，复旦是唯一存在的学校。

复旦大学创建于一九〇五年，原名复旦公学。“复旦”二字选自《尚书大传·虞夏传》中“日月光华，旦复旦兮”的名句，意在自强不息。

百年复旦有不少景致：庄严老校门、红瓦白墙的相辉堂、罗马建筑风格的“小白宫”、燕园与曦园、诗意的铜雕“百年诗魂”、校史馆、简单质朴的理科图书馆、久负盛名的光华大道……

复旦大学邯郸校区正门东侧，国顺路的西侧，有一曦园，有樱花树，有五角枫，有荷花池……曦园内的小土丘上，总有人坐着或躺着，春日赏樱，夏天赏荷，观四时佳景之不同。曦园晨读正是复旦校园一景。复旦学者苏兴良曾写文章《曦园的品位》描述过这一景象：

每到清晨，学子们便映着朝霞，带着书本来此晨读，顿时园内荡起一片读书声。在春暖花开的季节，学子们温习外语，诵读诗词，在红艳的山茶花旁，望着空中柳浪，水上青萍，那种意境，那种心情，是何等惬意！尤其是日本留学生，在春天樱花烂漫时节，他们三五成群，带着饮料点心来到曦园，一起坐在樱花树下谈笑，重温那往日在家乡赏樱时的欢乐。

二十世纪九十年代在复旦求学时，我经常早晨去曦园读书，喜欢那里的清静与幽雅。它虽不如燕园历史悠久、清幽动人，但小巧清雅，别有一番情致。那时常从宿舍南区去本部，空闲之时，拐个弯儿，总会弯到校园东边的曦园。这是一座小园，并没有像一般园林那样，四周用飞檐翘角的院墙围起来，也没有六角形的园门，而是开放式的，可以随意地轻松入园。据说曲径通园处有四条，我经常是从复旦正门走一小段路，向右一拐，即可见到曦园风景。在“望道路”进园入口处，小路旁竖立着一块太湖石，是著名历史学家周谷城教授题写的“曦园”园名。曦园周遭是垒砌的假山，是清幽的池水，坐在亭内，透过扇形月洞轩窗，看见郁郁细竹，青青柳树，精致荷花池。这里，可以远眺，可以观鱼。这座使人宁静致远的江南小园，精巧，细致，灵动，像粒珍珠，散落在这里，可亲可赏，实是学子怡养心性的佳地。

我喜欢园林，附带着也喜欢其中相关联的一些建筑元素，比如亭。记忆里的亭，总少不了曦园里的卿云亭。卿云亭在青松岭上，岭上植有桃树、红叶李，桃李芬芳，寓含大学培养人才、桃李满天下的深意，体现着学校教育事业蓬勃发展，莘莘学子的茁壮成长；还有"莙政竹"竹林，是以诺贝尔物理学奖获得者李政道博士及其夫人的名字命名的，由李政道题写。那五柳池、荷花池，更有身后的历史文化底蕴，取意东晋著名田园诗人陶渊明所写的《五柳先生传》。至于荷花池，似也有寓意，让人想起宋代周敦颐作《爱莲说》文中那"出淤泥而不染"的高洁精神。曦园另有梅樱坡、思源等景致，皆有深刻意蕴。梅樱坡是因土坡上栽有多株红梅和樱树，而一到四月，便满坡满坡地铺着粉红花瓣；进入腊月，梅花则相继含苞待放，老树桩上的红梅更是妖艳无比……"思源"，则蕴含"饮水思源"之意。这些景点蕴藏江南园林的谐趣，也有移步换景之妙。

相比西边的燕园，我更钟情于这里，主要是因为亭上的题字：书声琅琅。书体为隶书，是中文系的名教授朱东润先生所题。朱先生，为一代学人，学养何其丰厚，可为这样一处小亭题名，却没有引经据典，而是淡泊澹然，质朴无华。但是轩语却像一枚永不锈蚀的钥匙，宛然点通了此轩的灵处。这样一处宁静可亲之处，实是学子怡养心性的佳地，是应处处有学子苦读的身影。可每次去时，却都清清冷冷，颇显落寞。

后来，我在翻读有关学人书法之书里，看到有详细介绍朱东润先生苦练书法的经过，感受他朴实瞻雅的书法风范同时，便会想起他为卿云亭题的这四个字，更觉其中寓意深刻。

二〇〇五年，复旦百年校庆；二〇一七年十二月八日，复旦中文百年论坛，两次活动结束，我都再去曦园小坐，虽然没有了当时读书的情怀，但是，看着亭边周遭的景色，在那五柳树、荷花池边，仍然能够感受到复旦大学蓬勃朝华的气息。想起以前坐在那儿读书、谈心的学生，并肩仰面看云的情侣，带着孩子嬉戏玩耍的周边居民，曾构成了复旦校园最具活力和生气的风景线，也在欢笑与静默中散发着复旦独有的自由气息。曦园，原本就是指早晨启明的曙光，寓有“日月光华，旦复旦兮”之意啊。而卿云亭也有“卿云烂兮，纠缦缦兮”的深刻意蕴。复旦的百年校庆，给我的感觉正是祥云灿烂、延绵不绝、日月光辉、永驻人间。

多年过去，行走上海，行走江南，又走过了许多园，在许多园林中的亭廊里休憩过，但是，这座卿云亭，以及“书声琅琅”的话语，却让我记忆如初。

燕园也好，曦园也罢，这样一些使人宁静致远的小园，像一粒粒珍珠，散落在有名无名之处。人们累了，会去歇歇；寂寞了，会去坐坐。可谁又能真正读得懂园语，道得出园意呢？

“博学而笃志，切问而近思”“自由而无用”，复旦的每一种精神，每一种力量，每一种温暖，都飘浮在校园的各个角落。因为热爱，这里的每一步都是景色；因为成长，相信每一个复旦人，都会是行走着的复旦精神。

# 苏州河风情

渐渐地，我像熟悉手掌的纹路一样，熟悉这座城市的角角落落，关于苏州河的印象也逐渐丰沛起来。

在地图上，苏州河只是一条柔软、富于曲线的软带，色调由浓到淡，有灰有绿，青白相间，松弛地系在城市的胸际。这条软带，在普陀区一带形成几个大拐弯，宛如公主头上的花冠，骄傲挺立，又如开了一朵圣洁的莲花。

翻史料得知，原本黄浦江只是苏州河的一条支流，在明朝初年，出于治理洪水需要，经过疏浚改建，苏州河反成为黄浦江的一条支流，渐渐形成今天的格局。面对黄浦江的夺势，苏州河体现出的，却是中国传统的宽厚绵忍。如果说黄浦江是上海的“母亲河”，那么苏州河可以说是上海的“外婆河”。旧时上海有“沪上八景”之说，海天旭日、黄浦秋涛、龙华晚钟、吴淞烟雨、石梁秋月、野渡蒹葭、凤楼远眺、江皋霁雪。“吴淞烟雨”指的就是苏州河。传说以往的吴淞口地区，可见海上云雾携带着蒙蒙雨丝飘入江滨，海、云、天空连成一片，朦胧中又见江面上风帆片片，时隐时现。这诗情画意的吴淞江就是苏州河。

数年前，初来上海时，行至外白渡桥，正是苏州河与黄浦江的汇合处，那时对两河的遭际还懵懂无知，却成为我记忆里的一个路标。意识里，已悄然能感受到两条河流情味的不同，也能感受到中西情韵的冲撞。

不同的水土，自有不同的风情。河道十八弯，河上行桥也各有风姿，成为活的“桥梁博物馆”：外白渡桥（一白渡桥）、乍浦路桥（二白渡桥）、四川路桥、河南路桥（三白渡桥）、山西路桥、福建路桥、浙江路桥、西藏路桥（新垃圾桥）、乌镇路桥、江西路桥（自来水桥）、新闸桥、成都路桥、恒丰路桥、普济路桥、长寿路桥、昌化路桥、江宁路桥、镇坪路桥、西康路桥、宝城桥、武宁路桥、曹杨路桥、华政桥、凯旋路桥、中山西路桥、强家角人行桥、古北路桥、沪定路桥、中环立交桥……两岸旧址也如老电影般绵映不断：如昔日圣约翰大学留存至今的华政校舍、上海面粉厂、上海造币厂、上海纺织、上海邮政大楼，每一座建筑都历尽沧桑，凝聚了历史的沉淀，旧建筑的后面是崭新的高层住宅楼，看上去历史的变迁感尤其强烈，让人陷入深深的回忆里。

感觉是，苏州河写意，柔波缓流处，显得姿秀空灵；黄浦江写实，潜流暗涌中，显得雄浑敦厚。二者合璧，才成就一道独特的海派景观。没有苏州河，黄浦江会显得过于直白、突露，上海也会少了许多旖旎风情，显得突兀、生硬。从这个意义上说，我对苏州河寄予一种深情，而黄浦江，则居次了。

清晨时分，坐 510 路去上班，坐在公交车中，像是穿了一件巨大的铁盔外套，晃荡着从桥上驶过。看公交车犹豫地、颠簸地转弯，就像我自己，在这个巨大的城市里，也一直是这样磕磕绊绊、犹犹豫豫地生活着。

车行至晋元路，却不下，特意坐过一站路，在浙江路下车，然后往回走。沿着苏州河岸，看缓缓流淌的水，像一汪无法诉说的心事。有时从晋元路下来，迂回绕到新疆路，在四行仓库一带徘徊片刻，把两岸结实饱满的风景看个够。书上说，以前这里多的是面粉厂、化工厂、纺织厂、油脂厂，林林总总地排在河的两岸，它们繁荣了这座城市的工业。从萌芽到成长，苏州河是它们的见证者。这条河并不繁忙，但仍可时时见到货船从早到晚地穿梭于河上，让我依稀想起老上海的影片里，那些万家灯火中的嘈杂驳船。

从新疆路穿出来，就来到了西藏北路桥，它就像一个强硬的点，把两岸截然不同的风景，结结实实地焊接住了。站在桥上，看那流淌中的河水，负载着垃圾、驳船，以及各式各样茫然的面孔，就像是诗人笔下的风景人物。卞之琳的那首《风景》：你在桥上看风景 / 看风景的人看你 / 明月装饰了你的窗户 / 你装饰了别人的梦……很自然地从脑海中浮现了出来，那些旧日的、感伤的思绪，宛如一枚裁剪得薄薄的纸片，在空中飞舞。

一次，和一位同事兴味盎然地在苏州河岸边寻找。在南苏州路1305号，我们看到了一座仓库墙上镶着斑驳的数字：1933。据说，这栋仓库曾是上海滩大亨杜月笙的粮仓，后被一位台湾艺术家改造成工作室。一时之间，学习者蜂拥而至，于是，河岸边渐渐造就成一个艺术仓库文化集群。

从默默无闻到一夜成名，这是一项不可逆转的过程，想再回到过去，便不再可能。从此，苏州河沿岸，宛若纽约苏荷和巴黎塞纳河左岸一般，成为时尚的代名词。每次坐车从恒丰路桥上经过，都能望到这片声誉日显的场地，想象着这里的喧哗与热闹，心情的弦音如白鸽般高高飞起，久久不落。

吸引我去寻找的，还有河两岸过去的一些历史景观。有一阵子，我在浙江路桥附近转悠，想象着历史书上那场著名的五卅运动，人流是如何跨过这座桥的景况；还有一段时间，在我所工作的附近，有天后宫的旧址，便趁午休时分，溜出去闲逛，寻找它的踪影。可历史的景观，总是随着时间而渐渐消泯，只有那些粗陋的民生，依然像布面油画一般素朴，坚韧顽强地在河岸周围生存。

对比那前卫高雅的艺术社区，这些仍残留在岸边的肮脏破旧的居民区，反而凸显了苏州河本质上的沉寂。不由得暗想，在夜色中，那种琐碎、支离的寂寞感自月华下稳稳升起，应有一种娟静的诗意美，让人记忆留存。

我浏览着苏州河的资料，想方设法地搜集关于这条河流的点点滴滴。可读完手头的资料，觉得尽管只是就一条河而言，文字所能承载的内涵依然浅薄。一本书告诉我的，甚至不如河岸的夹竹桃告诉我的多。这沿岸生长的郁郁葱葱的树丛，茂密地挤在一起，三五连片，满布沧桑。远远望去，有一种市井气息传递而来，无数次地，吸引着我的目光依附在上面，想象着它的前生今世。

河边还有一种植物，就是柳树。在雨天，苏州河畔柳最是迷人。迷蒙细雨中，河水渐渐扩散开来，升腾起层层的雾气，把周围平日里飞扬跋扈的高楼比了下去，矮了下去。只有那绿意婆娑的柳，在风雨中，姿影招摇地斜立。

只是，这座城市多植法国梧桐，而且，营造出一股浓浓的华贵气息。可相比梧桐华丽向上的蓬勃生机，夹竹桃的市井气息，柳枝的下垂姿态，给我的感觉非常古典，像是在华贵的情感意识中，增加了民间的婉约表达，也使这座城市有种别样的旖旎风情。正如，在这座西化风甚浓的城市里，时常掩映着丁香花园、豫园、古猗园等一些传统的园林建筑一样，我想，正是因为这些隐约显露着的古典情韵，才使得这座城市显得如此动人。

其实，选择苏州河作为我笔下的描述对象，也是因为，它本身的典雅温软、意蕴悠远，与中国文人传统意识里，婉约的、温和的心境很是相符。因此，每隔一段时间，我会禅心静谧地、细细地冥想苏州河。对我而言，在苏州河荡漾的柔波里，似乎总是有着无尽的迷藏，能极大地满足我的传统的、中式的审美要求。

偶然的，一个黄昏，从我办公的地点望过去，看到窗外的苏州河缓缓地流，缓缓地走，只觉它像是这座城市缓缓流动的体液。两岸的建筑细长而高挑，软软媚媚地立着，像为苏州河厚重地描了一道金边。弯弯的水道，波光粼粼，随着船只由远及近地流动，仿佛对面的河湾正扑面而来。

太阳渐沉下去，河对面的那些大楼，像一座座黑漆四折的屏风，折了几折，将后面的景物影影绰绰地挡住了，不再冗长无聊。而苏州河呢，从西流过来的走势里，先是一段平白直叙的文风，临到这里，却显得局促起来，像展开一幅卷轴画一样小心翼翼，曲折地转了个弯，走势才渐趋明朗。这样一种转弯，使摇曳顺畅的河流变成一段颇有意味的变调。正如人生，也需经此一弯，视野才能豁然开朗，从河流的叙述中，我体悟到一种深刻的思想剖析之力。

在我眼里，苏州河的叙事，不急不缓，需要慢慢咀嚼。尤其是，浙江北路桥到西藏北路桥这一段，水面倒影，景象苍老，像是摆出了一副回忆的架势，很有点像娄烨的《苏州河》片中，漂流着一种暧昧而凄美的味道。“夜留下一片寂寞，河边不见人影一个。我挽着你，你挽着我 / 岸堤　街上来回走着 / 夜留下一片寂寞 / 河边只有我们两个 / 星星在笑 / 风儿在妒 / 轻轻吹起我的衣角 / 我们走着迷失了方向 / 尽在岸堤　河边彷徨 / 不知是世界离弃我们 / 还是我们把它遗忘……”歌仙陈歌辛的歌曲《苏州河边》，六十多年前由上海人姚敏、姚莉兄妹唱响，一度被誉为

“春申小夜曲”，黑白版的歌曲影像里，有着浓浓的“河味”；程乃珊、金宇澄、沈宏非等作家都曾撰文写过苏州河，摄影家陆元敏凝神专注，为苏州河拍摄了不少影像；洪健等海派画家，则用画笔描绘着苏州河……一切的叙事，就像程乃珊所形容的那样，“苏州河，上海故事的开始”。

翻阅着王安忆的书，读到了她眼里的苏州河。在《富萍》里，作家的笔下，那些漂流在苏州河上的船队，以及棚户居民区的人们的生活，竟幻化成一片无边的水域，在眼前影影绰绰地浮动着，里面的苏州河也在静悄悄地流淌:“苏州河静静的，有几点灯火，是泊着的船上投下的，像钉子一样，扎在稠黑的水面上。远处的几幢楼房，薄薄地贴在天幕。天空很黑，但黑到边上，就是接近地平线的地方，又微明起来，是这城市的市光。那是另一番景象，摩登的光和影，摩登的男和女。这里却不是，这里是小世界的热闹和绚丽。”

我一直以为，王安忆是有着特殊的思维方式的，她的睿智就在于，对于所生存的这座城市，她知道默默地等待与酝酿，然后不动声色地爆发出来，给人以惊讶。她的智慧还在于，对于苏州河，她让这个地方，裸露出它原有的粗糙，保持它原来的生态，从而氤氲成一条自己的苏州河。

上海的城市文明是由东向西推进的，而苏州河的流向则是由西向东汇入黄浦江，最后百川归一的。或许正是因为这种强烈的逆向，才碰撞出层出不穷的上海传奇。

每个人的生命里，都应该有一条河流，苏州河，已渐渐渗入我的生命意识里。只是，我的目光一直是一种外省人的，略带有打量性质的思索，让我对苏州河寄寓的情感意识混杂着异样的感受。

# 百乐门旧梦

愚园路自是有很多名人的宅邸的，所以路也因此而尊贵起来。它的周围除了青砖黛瓦的洋房别墅，还有一些逼仄紧缩的石库门民居，堆堆挤挤，挨排挨个地绵延着，这些建筑的音符流淌到万航渡路的转角处，便悄没声息地拐了个弯，在这里形成一个三角地，像是松松地打了一个活结，老上海赫赫有名的百乐门舞厅便建在这里。

每次走过这里，总觉得百乐门的出现像是对此地建筑艺术的一个停顿、一个总结。可是这种总结像是没有经过一种慎重的思考，只是敷衍潦草地想了一下，便仓促出台了这么一幢建筑似的。

曾有段时间，百乐门无疑是被冷落了，它的繁华往昔只沉淀在过去的记忆里，于是它冷峻地立在那里，克制着自己对风云变幻时代的绝望。现在，经过了重修，它又可以重整过去的辉煌。

夜慢慢地暗下来，华灯初上，百乐门的门楼上，由雕花板拼成的玻璃银光塔，如水流般倾泻着闪烁不定的霓虹，在暗蓝的夜空里展现一个深深笑涡。

读白先勇写的小说。在他模糊的记忆里，百乐门舞厅应是二十世纪三四十年代上海的一个炫耀，如同怀旧音乐中的一种变调，以它独特的魅力渗入他的记忆的游思中来。时光渐渐退潮，很多事物都被过滤掉了，可百乐门却和着不变的节拍浮现了。在小说里，它像个水晶宫殿，神秘、华丽，抛着媚眼，如同一道缀着华丽底色的暗纹，衬着旧上海的繁华与热闹。百乐门展现出的浮华、骄饰、繁华、浪漫、红尘、俗浪，像丝丝缕缕的金钱，编织营造着旧上海一个又一个的虚幻梦境。

在白先勇的笔下，百乐门虽然只是惊鸿一瞥，可却常能让人感觉一片云蒸霞蔚的景象。那里活跃着的金兆丽们，她们身着薄如蝉翼的紧身旗袍，如夜蝶般在灯红酒绿里飞扬。先前，她们只是在这个城市的外壳处游荡、梦想，时间长了，渐渐不满足于那薄如纸壳的边缘状态，渴慕进入它的身体，与它一同感受欲望都市里的躁动。百乐门，对于深谙欲望心理的金兆丽们来说，它是生长在都市里的一株罂粟花，神秘地开放在暗夜里，恣意招摇。攀缘住它，就可以享受欲望都市里那个凝固了的迷狂。

百乐门在旧上海的欢场里是达到了极致的高峰，如果从百乐门向外看，那世界永远是变形的、扭曲的，是禁不起那无比挑剔的、势利的欢场心理检验的，因而在这种背景的衬托下，金兆丽们的心态也无疑是会跟随着变形、扭曲。即使她们辗转到了异域，在台北的夜巴黎，煞费苦心地复制、移植百乐门的场景，但是却无法复活她们可以恣意挥霍的青春。其实，在她们看来，上海的百乐门，实际是深含青春、骄傲、伤痛、自怜的一切记忆的。一旦远离它，不断牵惹起的哀怨、自怜便会被无限放大，即使在一滴泪痕滚落下来的时候，晶莹闪现的应该也是关于百乐门的身影。她们旋转在台北的夜巴黎里，可是却怀念着过去时态的百乐门，如同在暗蓝夜空里闪耀不停的霓虹，美且忧伤。

# 福州路断章

感觉自己就像一条鱼，漫游旅行到了这座城市，一开始对它只是浅尝辄止地阅读，却有满眼华丽的愉悦感受，可是住得久了，那纠葛便有了，牵牵绊绊地扯出来的情感挣扎，似一团怎么也理不清的水草，在心头不停地纠缠纷扰。就像我最爱去的福州路，它就像一条涌动的河，永远流波回旋，让我长久地迷失在其中。

## 一

福州路可以说是这座城市的文化主动脉，它搏击得那么深沉有力，以至于每天都有许多慕名而来的读书人，沿着一条条曲折蜿蜒的诗意静脉，汇流到这里，期待着为自己渴慕的内心输入充足的血液，好为书的爱恶搏动得持久而有力。

在复旦念书时，最常坐的是 123 路车，从四平路一路开过来，看它经过外滩一座座典雅富丽的万国建筑，慢慢驶进福州路，一路的风景也慢慢展开了，感觉像是在欣赏一幅卷轴画。而到了福州路，因为它的文化意蕴如此浓厚，像是给这幅画做了题词与落款，整个行程显得那么精致和谐。福州路是条单行道，前半段寂寞无味，可走了一段，路渐渐有了生气，书店也渐渐多起来。旁边条条分岔的小路，也仿佛生动了许多，拐角处常藏有一些小店，活泼泼地立在那里，神气十足地和路人打招呼。就像生命的过程是逐渐丰厚起来一样，福州路由东到西，文化氛围也渐渐地浓郁丰富起来。

有时会下了车，踅进住在这附近的人家，好奇地打量着周围的居处。那些石库门房子都有宁波红石的门框，乌漆大门，铜质吊环。还有一些暗而潮湿的院落，里面浓浓的阴影就像吸了湿气，胀大起来，如同一团团的墨汁没有干透，在那里湿漉漉地淋着。站在院落中间向上望，四周寂寂垂下的是繁复的雕花栏杆，引人遐想这里或许曾有那如花的女子倚靠，寂寞地打发着青春时光。一些上了年纪的老人挨排坐在狭窄拥挤的楼道门前，默默地看着过来过去的人，心里像长满了时间的青苔，古旧而悠长。好像他们并不心甘情愿就和以前告别，只是无奈地被时间的魔手牵扯着，蓦地一下就来到二十一世纪，可心却仍活在过去，走不出来。这些暧昧的环境语言，渐渐随时代的变迁悄然隐去，人们已回不到福州路的过去。

## 二

历史的记忆常如硬币上的花纹，经过不断磨损，总是模糊不清，而在现实的回忆中，它又会被不断地曲解，因而还原历史便有了必要。实际上，福州路是一路蹚着深水走过来的。只要翻翻一堆泛黄的关于旧上海的老照片，很快便能找寻到属于福州路的记忆。清末民初时期，那时的福州路，看上去清瘦而矫捷，像个英姿勃发的青年小伙儿。它的周围云集了报馆书局、饭庄青楼、笔庄纸行，经历着大俗与大雅的文化对抗。让很多人讶异的是，在它俗名为“四马路”的西段，孜孜矻矻经营的实际是灯红酒绿的青楼生意。有张老照片对此做了记录，上面拍了一位龟奴，肩上扛着一位妓女出堂，施施然走在路上，那一景让人煞是恍惚，如隔着冰花玻璃般对福州路看不清楚。只是这一瞬间的恍惚很快消失，过了福建路，福州路又恢复质朴而内敛的本色，显得儒雅敦厚。它东段的路上急匆匆走着的多是读书人，以不愿虚度此生的方式在福州路边的书店里钻头觅缝，一旦淘到好书，那欣喜而急切的声音便悠然响起，甩落在时代的瓦缝中。

后来，福州路曾经沉寂冷清了一段时间，数年前，因为要构建一条海派文化路，福州路便又有了依托。也不过六七年的工夫，它便慢慢回归以前的文化氛围。而现在，时尚已像水一样漫漫渗进了她的骨子里，渐渐模糊了原先朴素的面容，渐次耸起的商务高楼，骄傲如白天鹅，在路的两边扑棱棱地展翅飞翔，写字楼里翻飞着，漂亮光鲜得如蝴蝶般的白领。路边，一个又一个的报摊，林林总总的杂志摊在那里，似乎总在预谋着改头谋面，好和“时尚”这个狡黠鬼怪的精灵牵手。只是，相比那些时尚之区在遣词造句上习惯性的雕琢与圆熟，这里显示的仍是有粗粝质感的文化氛围；同时，它又不像也是同样经营书业的文庙，挨挨挤挤地在一堆雕檐瓦砾、逼仄狭隘的小弄堂中，感觉不到时代的变迁，让人很不容易地转身。

也许只有经过时间河流的冲刷才会明白，为何文化的基石在此表现得如此珠圆玉润。

## 三

商务印书馆门市部的店门前总是悬着一块匾，古朴典雅，它始终像是一节牵惹起遥远记忆的绳头，一点点扯拽出一连串的回忆，使得过去的一切就如鲜活的彩旗般跳跃不停。商务印书馆是我无休止地阅读福州路的一个情结。它在现代出版史上宏大的叙事，让我对它一直暗恋不已；另外一个致命的因素是因为我曾经在它的麾下打过工，虽然只是它遥远后裔的一个分支机构，但是那种爱恨难分、喜忧难辨的打工滋味，让我无法摆脱这种商务情结。我一直想得到商务旧址的信息，近来终因一次大型的书展，有幸见到旧时福州路的还原图，发现它雄踞福州路河南路口的一隅，这才使我不断寻找的心思安妥、沉静下来。原来文化就像是一个调皮的小精灵，常常深藏在最细小的褶子里，遇到识心人，便慢慢地抚展开来，闪烁着它特殊的晶莹光泽。

逸夫舞台是福州路上的一个异数，它的前身是“天蟾舞台”，如今还明显烙有二十世纪三十年代的旧影，和旁边的现代化楼房相比，好像隐含着现代史上某种情节的变化，值得人细细品味。它多年来静守在福州路上，并不因加入了时间的维度而面目全非，反而像覆在纸上的水印，那一朵朵淡淡的菊花印痕，影影绰绰地衬着福州路的往昔，显得执着而坚定。每次经过那里，总觉得里面锣鼓喧天，人影攒动，那响彻不停的鼓点像平静水面上激起的波纹不断向四周扩散。无论那波纹如何扩散或消逝，最初都是从“天蟾”开始的，这一名气颇响的舞台曾活跃着南北伶人的身影，如梅兰芳、盖叫天、周信芳，最后他们都成为响彻云霄、红遍全国的菊坛大师。时光荏苒，那插满彩旗的身影仍如风车般旋转，在铿铿锵锵的锣鼓声中，不问世间的风雨，在舞台上踱着自己的方步，有种时空不变的坦然。确实，演戏和读书一样，沉迷其中，都可获得心清如水的心境。

## 四

书城是这里的标志性建筑，它像艘航空母舰停泊在福州路上，是气度与力度的结晶。书城曲曲折折的内部结构，昭示着它那可怕的深度，人一旦陷进去，便难以自拔。纵横交错的书籍，排放如田垄，而我，则如野天鹅一般觅食，翻出自己喜欢的书来，通常是先把作者从一堆文字的浮沫中撇出，细细研读他的小传。在翻阅的过程中，总有一位作者，让人惊鸿一瞥，从此刻骨铭心。

富有文化意象的应是大众书局，它是上海比较多的连锁书局，福州路的这家演绎着迥然不同的情韵。它是沪上唯一通宵书店，显示出与众不同的读者定位。书店里到处流淌着音符，加上独设一隅的沙龙、书吧，现代元素一个不少，显得温馨、怡人，在时尚为上的今天，读书也成了一项养眼的事业。

如果以艺术批评的眼光来审视这两家书店的文化品位，会发现它们具有一“硬”一“软”，一方拙质朴、一温和圆顺的质性，显得相映成趣，是福州路上引人注目的两家旗舰店。

不过，最值得玩味的还是那些特色小店，纸行、古旧书店、笔庄、琴行，个个如逆波而行的小船，不惧图书市场的风浪，以水磨般的脾性经营着自己的一份事业。黄浦区图书馆的对面有家经营乐器琴行的小店，店里放着流水般的古筝曲，一排排古朴典雅的琵琶悬挂在墙上，就像一个个古装美人整妆敛坐，等待主人的眷顾。这些小店大多客流不多，显得寂寞而矜持，但是经过时间的磨洗，它们被打磨得越发精致与沉稳，因为过分飞扬的东西已很难沉淀在这里。

福州路永远像一条流波洄转的河流，以它柔软无边的宽容，收容了这些质性不一、大小不一的书舟，载着读书人驶向他们的精神家园。

## 五

书香如满城盛开的白玉兰花，芬芳四溢，使福州路透出儒雅敦厚的平和，也让人感觉亲近。我工作的地点步行到福州路只有十几分钟，因为迷恋它浓郁的文化诗境，也因为工作的关系，每逢周末有闲时，便像鸟儿一般扑棱棱飞向那里，然后化身为鱼，徜徉其中。

原本以为，从教师转入做书这一行，并不需多么艰难的转折，只要喜爱就足够了。可是一旦浸润于其中，才慢慢明白，书业其实繁复驳杂得多，犹如各种颜料混合调和而成的油画，远看它色彩斑斓，细细近观，却发现画布上原来是一片凌乱芜杂的斑驳色块，需要你俯下内心的仰视，带着十分的耐心与执着，才能细细地体味得到其中的意趣。

就像一脚踏进福州路便会被书吸引一样，一旦进入书业便让人有了不可逆转的心境，再想回归原先单纯的生存状态，却是多么艰难。因为有了时间的依附，对书业便有了斩磨不破的感情。福州路的变迁历史不也预示着，生活如果仅仅以一种单纯的方式运转，生命的意义又怎么能厚重起来？所以在书业中的体验，虽有伤筋动骨的痛，让人感伤不已，可是仍然吸引着自己在此慢慢磨砺，因为我知道只有挺住，才能昂然笑到最后。

啊，福州路给予我的竟是那么多。

入夜时分，华灯初上，大大小小的书店像一艘艘夜航的船，在夜色中漂泊。我愿意做条自由自在的鱼，徜徉其中，找寻属于自己的那份独特感受。

# 漫步新天地

沿着黄陂南路一直往南，走过“一大”会址，就来到了上海新天地。几次去那儿，都是热天。可每次一到那里，漫步在青砖步行道上，立感身心陡然一凉。看着两旁红青相间的清水砖墙、厚重的乌漆大门，那雕着巴洛克风格卷涡状山花的门楣，以及那异域情调的店铺招牌，我心头禁不住涌上一种时光慢下来的静谧思绪。那样一个闲暇的下午，便在这散漫踱步中，在触摸、品味着上海的历史风情和文化积淀之中，悄然度过。

一次特地去那儿拍照，穿了一身小碎花的高领无肩中装，头发高高绾起，身后正是那红青相间的石库门背景，构图简洁明了，站在那儿，立马有些像回到了二十世纪三十年代。再环顾四周，看着那些被修整过的石库门，眼波流转之际，心神也不禁驰骋，让我不可遏制地想象老上海时代的女子，如何身穿旗袍，优雅娉婷地走在历史的街道里。

其实，新天地的格调非常现代、时尚。这些改造后的石库门房子，已将原先的一户户隔墙全部打通，在视角上，呈现出宽敞、明亮的空间，里面既有装饰烦琐的欧式壁炉、现代布艺沙发等西式配置，又有线条简练的明式八仙桌、藤面的方凳等东方什物。墙上，挂着现代油画；地上，摆着立式老唱机；门外是风情万种的石库门弄堂，门内是精致细腻的现代生活。就这样，两种不同的生活从容而平和地相处，显得优雅而脱俗，似乎深藏难以说尽的禅意。

这里吸引我的多为一些富有特色的小玩意儿，像手工布垫、中式茶餐具、靠垫、台布、首饰袋、餐巾盒套、笔袋、名片夹、围巾、睡衣……件件精致玲珑，每款都有很多颜色可以选择，使得小小的店铺弥漫着柔软温馨的气息。这些富有民族风味的东西，在石库门那青砖灰瓦的包裹下，显得格外有情调、情趣，让我赏玩品味不止。

我常去的店铺是“逸飞之家”，它坐落在新天地广场的中心位置，是一幢两层的小楼。一进门便游走于姿态各异的花瓶、瓷器、餐盘、蜡烛等家居用品之间，为找到一个心仪已久的小饰品而兴奋不已。最难忘的是那座青铜雕塑——《上海少女》，她左手一把折扇，右手一个鸟笼，静观来往的时尚男女，仿佛犄角旮旯里都在洋溢着一种闲适心情。逛累了，便带着女儿坐在户外精巧的银色椅子上，享受着暖意融融的阳光，细细品味冰激凌的清凉，享受着一份难得的闲情逸致。

那些开在石库门里弄中毫不显眼位置的店铺，有一种转折低调的味道，我缓缓走着，细细品味着其中的情调。这充满时尚活力的新天地，却始终流露出二十世纪三十年代的温婉柔媚，就如一块老上海胎记，不能轻易抹去。其实穿梭在新天地的我，恋的不就是这份感觉吗？

于是，在喧嚣的都市中，一边感受新天地所传达的有关历史文化、时尚生活等信息，一边寻找老上海文化风情在建筑上的遗迹，心境犹如墙角飞檐，安静高远，有关老上海的内心情结也就此繁衍茂盛，郁郁葱葱。

新天地虽不大，但在此游逛也需用点心力，需要点水磨工夫，不能一味追寻感官的享受，最好有点准备，了解一点儿往事，知道某些掌故，这样，才会越走步履越缓，越走越能涌起一种深情的感觉。

新天地原是市中心一个叫太平桥的小地方，占地仅三万平方米，就像一枚桃核，结实地包裹在闹市当中，若是游览的话，十分钟就可逛遍。以前这里有大片破败不堪的石库门建筑，当上海市开始旧城改造时，这种老式弄堂必然归入必须改造的房屋之列。而专家们最终根据“整旧如旧”的原则，建成一个集历史、文化、旅游、餐饮、商业、娱乐、住宅和办公为一体的多功能小区，被建筑学界评价为“活化保存石库门”，不能不说是一个奇迹。

据说，一九九九年一位叫罗康瑞的香港企业家拿到太平桥地区的五十二公顷土地时，他放出豪言：不是将原有的弄堂全部拆掉，而是把旧上海最典型的弄堂保存下来，要把它改造成上海最新锐、最时尚的消费场所。为了保持原有的传统风格，改建的每座建筑内部，完全按照二十一世纪都市人的生活方式、生活节奏、情感世界度身定做，设计师费尽心机，包括给“年事已高”的墙体注入德国护墙膏，内部换为钢结构；将整个墙体顶起来，埋入水、电、煤气等十七个系统，以此改变内部结构，打造与现代都市人同样的生活方式……尤为别致的是，设计师别出心裁地保存了石库门上因潮湿而生长的绿色青苔，墙角生长着翠绿的小草。如此一来，最终呈现在人们面前的是整洁的石库门弄堂、青石砖墙、灰瓦斜顶……新天地既“新”又“不新”，蕴含着厚重的历史底蕴。

如今，新天地之中的中共“一大”会址纪念馆，分为南里、北里和太平桥公园三块。南部地块以现代建筑为主，石库门旧建筑为辅；北部地块以保留石库门旧建筑为主，保留与“一大”会址纪念馆相毗邻的石库门建筑，与“一大”会址的建筑特色相协调，以延续历史文脉；毗邻新天地广场的太平桥公园拥有上海市中心最大的人工湖，成为市中心一处独特的悠闲去处。

确实，上海新天地改写了石库门的历史，为本已走向历史文物的石库门注入了新的生命力。从建筑艺术角度来讲，它有很好的艺术性，是具有中国特色和外来风情的产物，它提供了一种探寻历史文化建筑与现代文明和谐共生之道。

漫步新天地，有时就如同回忆与休憩。走在那青石板铺就的路上，就像逢着了一个个故事，脚底触摸的，是老上海历经百年依然鲜活跳动的心脏，在那样的重叠中，一次次的游历，透过那些斑驳的痕迹，不知不觉，旧时风情已经深深印上心头。

# 情系五角场

到上海，已经有二十余年了。终于安定下来，脚踏实地地安然度日，对城市脉络的认识，也逐渐清晰起来。有关城市的回忆，是在逆光的阴影里，完成了一次转身，极为简洁利落，同时，那曾有的丰富叠加的青春心境，仿佛如一种纤维状的东西，在时间的水里，慢慢地漂白干净，有逐渐淡下去的微妙色感。

在通常的阅读经验里，常常会发现，对上海的书写，总是费尽心机去描摹二十世纪三十年代的怀旧氛围。但，二十世纪九十年代的上海，也同样是怀旧的，譬如杨浦区的五角场。它同平凉路一样，其中的书写情绪，虽属于同一谱系，但五角场，给我一种更为给力的怀念。它所传递出的九十年代风味的上海，底色浓重厚实，让人感觉意味无穷。

地处上海北郊的五角场，有一段辉煌的历史，曾被雄心勃勃地纳入大上海计划之中，规划建成新的上海市中心。它原来是一片荒野，二十世纪三十年代时，上海市政府为了与租界竞争，在黄浦江下游方向开辟新区，修筑许多道路，五角场的五条马路就是修筑于那时。抗战前，在五角场的东北方曾建有市政府、博物馆、图书馆和江湾体育场等多座中国古典式建筑。

刚到上海时，复旦老师讲课到精彩处，禁不住，要拈连起一些政治范畴的概念，来诠释一些生活要义。于是，就向我们讲述五角场的这段历史。在附近转悠时，经常会走过以国、民、政等字开头的路，如，国年路、国权路、国顺路、国政路、民立路、民星路、政民路、政工路等，路名是城区灵魂的写照，这些富于政治色彩的路名，一层一层拓宽着我们对五角场的认识。

也是因为去东宫，深秋，坐937路，沿着邯郸路回家，在淞沪路下，于百联又一城转车。停下来时，常会以一种仰望的视角，看看扩建之后的五角场。被拓宽后的街道呈放射状散开去，如果要想找一处场所，得手持地图，慢慢检索过去——在淞沪路、邯郸路、翔殷路、四平路、黄兴路这五条马路的交会处，已经拔地而起越来越多的高楼。

这里的地平线确实长高了，而且是团聚一处，与上海商业文化精华的一部分重叠。从这里，向四面延伸开去，是越趋繁华的城境，游走在宽广的街区，那些时尚的活力也激起相应的富于色彩的视觉。周边的几所高校——复旦、同济、二军大、上体、财大、政治学院，更像是一个收束，稍微用力，即可拈连起一份厚重来。它们已成为五角场画面的景深背景，尽显人文科技细节。在上海生活这么多年，可以说是看着这座城市日新月异的，也已经学会，以一种趋向成熟的心境来理解扩建后的五角场。虽然，这样的理解，总归是片面的，没有一座城市的成熟发育，是会获得内心完全的认同。

说实在话，去五角场，是一件愉快的事情，现在的五角场，原生态地保留了城市生长的某个阶段。既有直线形的大厦，也有环绕一圈的地下环道——我捕捉其中有轮廓的一面，徜徉于城建文本的绵延中，不觉就是几小时。它让我从单薄的书页里，抬起头，打量这厚重沉实的世俗人生；在曲里拐弯里，体验城市色彩缤纷、繁花似锦的成长情绪。

看到崭新面目的五角场，心有感慨，回来，与一位学姐话旧，抚今追昔，却又不约而同怀念起以前的五角场。

“那时的五角场，也没有什么不好。”学姐人消瘦，但话语有力平实。她也曾在那里生活过，离开二十多年，但提起五角场，却略显有点兴奋，有着可圈可点的适当怀旧感。

可那时的五角场——在一位时尚女生的眼中，却是被断然地漠视的。她，每次出门逛街，总会有意无意，对我们这些新来乍到者，抛下一两句说辞——我从来不去五角场的，多土呀，要买衣服，得去淮海路呀！确实，那里房屋布局杂乱，车流、人流喧嚣不堪，商店经营的，多是一些中低档的衣服，是难以入她的眼的。她穿的衣服，都是从繁华时尚街区买来的，像从时装杂志上拷贝下来一样，有着最时髦的气息。

她说归说，我和另一位女生，仍会经常散步到那里，逛街、买东西、吃牛肉拉面。素朴的五角场，是棉质的，没有华丽的底色，只有平常过日子的平实淡然。但，却以一种结实有力的形态，将我们朴素的心境给拢括住，提升至一个抒情的平台。

我曾经从朝阳商场，买回一款树叶形状的黄色果碟，在学生时代，是颇为时尚的小品；在东方书林，办过一张会员卡，抱回一套十卷本的《史记》，虽然这爿书店，很快就关门它迁，但那张盈手可握、洁白质地塑料外壳的会员卡，却保留至今；一套蓝底叶形印花的连衣裙，穿上后，很修身，至今还珍藏在衣橱里；去电影院，看一场学生票的电影；曾骑车，奔向军工路撒欢，那里有着更为开阔的道路……五角场，带给我的记忆，确实线条沉静，而不紊乱。这些往事，边缘都曾被我用多种颜色描摹过，时间长了，自然浅淡，但却依然被编织进记忆里。

我对五角场的回忆，更像是一位少年，迷恋母亲柔和的气息的某个阶段，让人怅惘，若有所失。自己初来上海时的怀旧曲，需要回到母体，回到子宫，像一个婴儿那样，在羊水里睡得踏实，才能吟唱得出来。

五角场的厚重，也适宜于黑白线描。多年前念书时，常去的是翔鹰电影院。冬天的五角场，颜色显得更为灰暗一些，好玩的不多，但也更朴实。常有外地的朋友来，都会陪他们去五角场看电影。翔鹰电影院像隐匿在弄堂深处的蜂巢，它周围的短弄，就像这小区遗落在外边的一根盲肠，寻起来颇费一番周折，但却感觉平实可爱。

毕业后，再去这家影院，发觉，只不过几年的时间，好像只是打了个小盹儿，就立刻被时光的快车抛下，那份寻家的感觉泯然消失殆尽。看电影已成为一种时尚，就像加了鲜艳的果酱一样，成为一杯调剂胃口的奶茶。而时尚影院的内部装饰，宛如一款缀着流苏的流行时尚围巾，微微垂着，显得纯情而有质地。过去观影的浮泛记忆，从某种状态下，剥离开来；背后的形迹，实则已经拓印成一个大致的轮廓。就像油花儿漂浮在水面上，再也难以融入进去。我明白，再也回不到过去，找不到当初看电影的感觉。

站在百联又一城，对面是东方商厦、巴黎春天、万达、奥尔玛。深秋的太阳，敷色于大厦之上，我的感觉就如同画笔一样，采用平涂的方式铺开——新五角场是一幅色彩斑斓的大图，绵延的街景起伏有度，撑开的边缘，有足够的松紧度，在表现力方面，是以遒劲稳固的心态来展现的。它将上海近年来那种波澜壮阔、日新月异的局面，以独特的品性固定下来，超拔、厚重。

站台边，站着一对年轻女子，看上去像是外地人，她们兴奋的眼神，在淞沪路秋天明艳的光影里浮动。

我也从异乡而来，原本以为，从江淮之地转入江南一带，并不需多么艰难的转折，只要喜爱就足够了。可是一旦浸润于其中，才慢慢明白，理解一座城市，总是要有一定的坡度——这由那些繁华不可解之地获得，也由这些普通的街景所得，助推而上。五角场，就是一个度。在它的拢括下，那些学校、电影院、新华书店、商场……那些单向度的灰淡色彩里的记忆，经营出循序渐进的理解空间，让人留恋。

# 行走平凉路

庚寅（2010）冬至，寒流竟有些微的矜持。原本淡然薄凉的天色，忽然隆重烘托出一派暖阳来。从西部长宁区，匆匆赶往东北方向——坐地铁二号线，转三号线，至杨树浦路站下，从纵横捭阖的大连路，轻轻拐一个弯，由纵坐标转至横坐标，就到了平凉路。我所工作的仙霞路，属商务区，周围商务楼林立，玻璃幕墙在阳光照射下，灼灼发光，强势地构筑一派繁华盛景，甫一至此，有些明显的突兀对比——只是一个拐弯，迈步至此，我原本抒情的心境，就顿然写实了。

在上海生活的时间长了，因接触空间的开阖度增大，时间相对的充裕、饱满、延长，视角也会有所转换，甚而是安静的——安静至一条路，没有界质分明的段落。

行走在平凉路上，这里的天际线，明显地，松松驰驰地低了下来，街景立刻变得温和绵实，全往后退，有一种低眉顺眼、从容过日子的感觉。底色呢，是渐趋沉凝的一种安静，带有些许的内省色调，如塞尚笔下那般鲜明的棕褐色。光线与声音，都是稀释的、分开的、安静的、从容的。——多年以前，我曾经走在闸北区的路上，那里有着相似的街景。对比那些繁华商业区，仿佛是热闹俗世的繁文缛节，闸北那些局促逼仄的马路、挤挤挨挨的楼房、乌漆麻黑的门面，纵横交错，低调平实，朴素无华地描摹着连绵冗长的日常纪事——那些街景，是用一种浓郁壅塞的语调，将底层市民的生活状态，以微妙之力呈现在我这个异乡人面前的。现在回忆起来，是比较松爽脆落的一个片段，可当时，却有着区隔明显的稠重心绪，让在青青校园长大的我，一时之间难以接受。

平凉路属于杨浦区，近外滩，因为学习、工作、生活均不与之相交，起初这个区域面，我并不熟悉。它不同于，我经常行走的淮海路、长乐路、长宁路、古北路。它更平实，更贴近市民生活底层的肌里，好几次来这里，分别坐过地铁、轻轨，打的，乘公交再转车，常常会迷糊混沌地停在某个站点，然后下来，从不同角度打听行走的路线，或问路人，或看地图，寻找路牌，研究横竖曲折的马路，拐弯的街口，仿佛是闯进了历史、地理、社会学的陌生领域，在我目力所及的范围以外延伸——难以钩沉其中的微言大义。

为了参加杨浦区作协组织的文学活动，得去寻杨浦区的工人文化宫（当地人称为东宫的）。我对这里如此不熟悉，甚至稍微一个拐角，就会使我迷失方向。

“东宫怎么走？”这次，我停在路边，又迷失了方向。同时，也不太确定，这样去东宫需多长时间，于是问路边一位长者。

“东宫哪，噢，从这里，坐25路电车，只要五分钟，如果走过去，需半个小时。”蓝服上衣的老人，声线极其宽厚，眼角皱纹眯成一条缝，提及东宫时，他的神色有一丝骄傲而自足。

这里问路，一问一个准，因为在此徘徊、行走的，都是当地人。而反之，在繁华热闹的地段，我获得更多的是，漠然地摇头，因为他们也是彼处的陌路者。

正说着，25路电车，拖着长长的“辫子”，非常家常地缓缓驶来。并不是张爱玲笔下，那“克林克勒”的俏皮，它甚至于朴实、凝重、寡言，更符合一种朴实街景的一幕。

但是想了想，还是决定走。我出发时间充裕，到得早，还有一个多小时，正好可以欣赏一下平凉路。坐车会省略许多细节，那些丰富的街景，将会在短暂的时间里一掠而过，有着擦肩而过的遗憾。

一路走去，很安静。路人悠然，有一只猫，一颠一颠地跑过，它的尾巴舒展，也被这里的安静、绵软所吸引。我对世俗景象的捕捉，一直存着小心翼翼的谨慎态度。感受这种生活中的微妙变化——它是一种更为现实的语境，能让人拈连想起杨浦的其他街景。

路经之处，多是一些家常的店面，又稠又密，也很写实，让人饱满地体会其中的市井俗情。走过的有鲜花店、服饰店、水果摊、小卖部、超市、好美家、饮食店、房产中介……这里生活的市民的身份，也朴实许多，机关小干部、商贩、拾荒者、码头渡口的工人、小白领、水果摊头售货员、清洁工阿姨、退休的老头。店家做的，也多是周围熟人的生意。一些杂货店里，有面容黧黑的店主，操持的多是苏北口音，踱步其中的，多是一些穿着睡衣睡裤的家居女人，宽胖的中年男子，还有一些精瘦的老人。在斯尔丽服饰店，我徘徊了一下，试穿了两套衣服，店员倒是快言快语，说一见我，就知不是住在这里的。

也有装饰新颖、亮堂宽敞的店堂、西点屋，店里，人也疏朗，也是宜室宜家的，但明显只是在朴实平质之间，起到一种调节作用，是日常纹理的余音余韵。它在文体上的温和、松弛，让人心有怜惜。若是走近，探头所见，也是烟火人生，有着栩栩如生的另一片风景。我是一个过客，但却不妨用有些柔和的眼神打量，适时地协调着，我与这座城市的关系——从清质的读书生涯里，发觉那些市民生活的碎屑美好。

约四十多分钟后，我快速而果断地穿过宁国路高架，停在平凉路 1500 号——东宫。

直到此处，平凉路五分之三的行程戛然而止，还有五分之二，像谜一样，时断时续地向西延伸。

长长的平凉路，沿途有三座小公园：惠民公园、平凉公园、波阳公园，从地图上看，均是六分之一指甲盖大小，像用小拇指轻轻点了一下，指纹就留下来了，均是小面积的绿色色块，它的安静、平实，让人若有所思；是枝干上的绿意点缀，轻轻抹上去一样，也让这条路，生动了许多。向南，更远一些，是杨树浦路，与它平行。向西，尽头，是复兴岛运河——由黄浦江蜿蜒出的一缕琴音，有种潺潺流淌的生活气息。仿佛，还有一种潮湿苔藓的气味儿，深蓝色的气息，从江边的横截面处，逐渐弥漫开来——这让我的联想意味更丰富了一些。

平凉路是这里的主动脉。周围，有眉州路、宁国路，都有着同样生动丰富的日常表情。它不算宽敞，四周是比它更小的一些路，景星路、福禄路、通北路、汾州路；有意思的是，周围还集聚了很多以“州”为名的路，且以中国地域命名——汾州、兰州、眉州（纵路，西北）；扬州、杭州、广州（江南、闽南）、凉州、海州（更南方）……我曾经坐车驶过兰州路，那里有块绿地，连起一条河道，它比地图上丰富生动多了，在地图上，你能看到什么呢——一条细长的蓝色线条，但在这里，却由众多的细节铺陈出来。一位画家所作的速写中，有一处是“兰州路滨江休闲街”，他简洁地阐述道：“从长阳路起，杨树浦港的两岸绿化修建得十分漂亮，木质的走道和护栏高高低低曲曲弯弯，沿着林阴小道，我信步走到了平凉路桥，一块数米长的兰州路滨河休闲街的立墙屹立眼前，难怪这里的环境会如此高雅，我真是羡慕附近的居民。”我也认同他的这种体验的层次感：是用一种文化生态的绿意，调和了冬日的颜色，改变了一种迂缓的凝绿，将沉溺于世俗的深处，给予一种提升，又简朴，又质实。

而东宫，是这条路上的标志性建筑。这里，走出许多上海文化界的名人。——虽然，我不止一次来过这里，但想到那些文化名人，有种层第打开的新鲜感。我是要在文字里修辞立意的，因而，在东宫，无论是开会、研讨、交流，还是在花园里憩息，其中的人文气息，总是让人亲近。

十几年前，写过一篇极短之文《上海的路》，写有南京路、淮海路、衡山路、西藏中路、白玉路、延安路……是对上海路的微然一瞥，吉光片羽。而今，时光疾逝。我所能截取的，仍也就是一小段场景，是在细枝末节处对此地的补充，而自有一番周折。

城区的反差如此之大，这样，反而衬出鲜活生动的层次感、立体感。上海原本就是个多面体，有不同层次的色调。平凉路不张扬，浮现出来的，不是那种光滑的质地，更多的是肃静的色泽，有粗糙的质地，是以一种朴实的低调，阐述了这座城市的另一章节。只有底盘根部错节，庞大复杂，坚固如斯，上海浮华的表面才心境平和，不至于有虚幻缥缈之感。

从东宫出来，再行至平凉路大连路口，前面十字路口，辟开一处开阔的空间，给远方的东方明珠留出一片宏阔的空间。斜面的阴影，有种细微的洁净感，也将这里的清朗写意地推远。——我豁然发觉，此处深藏有篇章，它朴实而有意义地，调整着我生活行走的节奏，轻重缓急，不可一掠而过。

# 典藏世博

## 一

车行曲曲折折，只在杨树浦路、平凉路、兰州路一带，左拐右弯，却笔触细致，勾勒出一幅小型城区图景。虽是二月天，但气温渐渐回暖，仿佛在酝酿一段诗情，催得玉兰花都开了。离世博还有六十多天，但于浮光掠影之中，感觉杨浦区已缓缓拉开了它迎世博的华丽一幕。

印象中，上海的美，是写实的、大气的、展露的，颇具大都市的壮美与气度。黄浦、徐汇、浦东都是如此。而杨浦区，属于传统老工业园区，它的美，是掩着的，藏在历史的深处，需于粗布乱服之中，慢慢梳理，才能识得，且懂得。车行杨浦，从我的审美眼光看过去，杨浦水厂、国歌广场等，都极具厚重的史实美感，这其中的比例，虽然分配得不是那么均匀，却都可以沉甸甸地书写一笔。

但是，给我的颇具诗意的艺术观感，却是经由世博水门拉开。

据说，世博水门有七个，是世博会供轮渡、游船停靠的码头。位于秦皇岛路杨浦区的这一段，原先是掩在一段历史烟火之中的，曾被大量的工厂仓栈给遮蔽了，现在，经过一番细致而理性的打磨、艺术的处理，它颇为恢宏地还原出一段秀美的江景，而且极富灵气，和滨江一带的老建筑、老厂房融为一体，不露痕迹。这里，有波光粼粼的港池，还有弧形优美的钢引桥。从此处去世博园，只需半个小时水程。在园区西北角，有一幢旧建筑，极有老上海洋房的味道，它让人禁不住地在此驻足流连，调整一下略为匆促的行程。

穿过候船大厅，来到亲水平台，正见到曾被典藏起来的江景。对岸右侧的陆家嘴金融区，凝固成一幅高楼林立的画面。东方明珠，尤为突兀，是以另一种构图来对这段被典藏起来的江景，做一个注脚。因是天阴，灰色的云系，衬以青郁的天色，铺叙得极慢，与缓有起伏的黄浦江水，恰成映照。水鸟于水面上空飞翔，仿佛在抒发一份绵绵诗情。大家显然被这美景感染了，纷纷在此留影，也是为了典藏一份美好诗境吧。

江湾湿地，刻画的又是另一番诗境。这里，有偏离城市喧哗之后的安宁，用野趣、幽静，向世人唤起一份颇具柔性涟漪的诗情。它迥异于厚重的都市钢筋水泥所展示出的建筑史实，而是得自天然，却又还原于自然的幽秀。它展示的是最为自然的原生态，是属于江南湿地的风华地。

这是历史遗留下来的一块湿地。二十世纪三十年代，日本侵略军在江湾一带造飞机场，并以此地作为弹药库基地。因而，在外界毫无干扰的自然进程中，渐渐演变而成一块湿地。

走过连接河塘的木桥，见旁边河塘里，除有青青芦苇，常有一些被台风摧折的大树，倾倒在水面。导游小姐手指灌木深处一株高大的深褐色桑树，说树龄已八十年，是上海迄今发现的最老的一棵桑树。又指一块空地，告知这是日军曾遗留下来的弹药库遗址。这些年代久远的遗存之物，均给人极其厚重的历史沧桑感。

这一方湿地，面积并不算大，但却水草幽阔、芦苇密实、树木繁多。每棵树上都挂着牌子，有的写着植物的名称，有的仅标有号码。这是植物学专家，经过仔细地鉴别之后，为满园的花草树木标示身份。雨下得有些细了，结香花的浓香，与水汽黏附在一起。时而有野鸭，沿着水面，扑棱棱展翅，向对岸飞去。鸟鸣也时而可闻。想起，在刚进入湿地的生态展示馆里，看到的一分钟短片，介绍这个自然生态园的一天，芦苇丛、河塘、珍禽、昆虫、鱼种，在摄影师的镜头里，都具艺术美感，富于诗意的栖居。那是一种艺术的截取。而现在，我面对的纠结的藤萝、滞实的青苔，分成各个区域的植物树种，是更为真实的自然之景，是更为艺术的还原。

江湾湿地，已为新沪上八景之一，典藏的是另一种生态自然的诗意。不知，同行之中的诗人，是否已经在酝酿另一份诗情？

杨浦善藏，这可能和它多年定位于厚重朴实的工业区有关。现在，随着世博的临近，它慢慢揭开了原有的面纱，向世人展示它的诗意胸襟。行游杨浦才知，它的美，一直悄然潜在，而且波澜不惊地经营着一段又一段的诗境。

## 二

绵延流淌的黄浦江，沿着浦东与浦西两岸复调叙事；鳞次栉比的高楼，一波一波地如史实般折叠过去，——流水与建筑汇合、交融、演绎，应该是可以隆重地推出许多恢宏阔大的场景的。夏五月，在上海举行的这场世博会，有着建筑的坚硬写实质地，也有流水般的抒情写意韵味。

作为个体，以自己微粒的心境，去凸现这样一方盛景，未免渺小，但于自身，却也是别有一番乐趣的。

之前，曾从各种渠道，对主要的场馆，有过一些了解，有一段时期，还做了些剪报，收集、保存了一些资料，甚至提前去场地观览过，以备届时走进世博，做有前期心理准备——它让我原本不经意的心态，已经慢慢向世博靠近，具有相当的重量与质感，不可轻描淡写，忽略而过。

初夏一日，有风，微雨，很偶尔地，跟了一个散团去游世博。这一天，我参观了四个场馆：中国馆、沙特馆、阿联酋馆、尼泊尔馆。均集中在 A 片区，短短一天观览下来，感觉就像是在亚洲之地上，郑重其事地朝圣了一圈。

在人潮涌动中，参观世博园，既得有体力的支持，还得有心智的调剂，——A 片区热门馆多，人自然也多，需有合理的分配。中午，从中国馆出来，简洁地浏览了一下尼泊尔馆，在最为热门的沙特馆前曾停留片刻，见长队逶迤，旁边竖有标牌，“在此排队需六个小时”，而后面，实际还有绵延不绝的人流，于是，我选择了放弃，转而去看阿联酋馆——一个于沙丘上生存、致富的国家。近傍晚时分，人流散去不少，我花了两个小时的时间，也登上了沙特的这艘“月亮船”。而相比之下，由七种红层染堆叠的中国馆，是这天的游览之重，它以“上善若水”来构思，比喻绵延不绝的中华智慧，将水与建筑、水与城市、水与世界……的关系，处理得那么和谐，使我的心境也如水——

这里，我看得最为细致，细致得颇有层次感。整个上午，都耽搁在那里，用眼睛，与内心去触摸那些智慧之点。有些地方，竟来回逡巡，不忍离去。

特别是《清明上河图》，富于智慧力，将历史的内容与流水的情绪，衔接得自然、紧密。我拍了段摄像，想带回去给女儿宜徽看，让她也感受一下现代科技与传统文化的精致结合。毛笔在宣纸上晕染而出的古典，被科技的光、电，渲染出另一番静穆文气，——古典与现代气质，交相融汇，也有一种极为厚实的张力，有种光线对比的强烈效果。挑担的人、拉车的牛、载船的水……被科技之光，耐心地，仔细地，还原成一小节、一小节，全都流动起来，而其中最妙的，莫过于那水与建筑的关系——水流到哪里，那些药铺、当铺、酒店、裁缝铺……最大限度地铺展开来，有一种极盛的感觉，张择端是一个内心多么从容不迫的画家，将北宋年间汴京（河南开封）百姓生活的场景，既缓且慢，描述得详略得当。它让我们定定心，平衡了一下与传统的关系，然后，再向前走。

前年，我曾有机会，接触到一位学者诠释《清明上河图》的书稿，几经流转，后来，这部书稿已赶在世博会时出版，在园内热卖。学者的阐释，宛若一种介质，恰当地折射出了这幅名画厚重的古典美。《清明上河图》的美，不仅没有在长久的时光中磨损掉，反而焕发出更为灿烂的光彩。

“国之瑰宝”的出入口的上方，墙上刻有一段“文字影壁”，显得典雅、古朴。我猜，它是《东京梦华录》里的文字，问志愿者，得知，实为各卷中的断句。我较为感兴趣，又不由自主地停下来，——因为是一个人，静默而自省地游览，所以在不断汹涌的人流中，还自能廓清出一方小小的安静空间，时而伫足，时而凝神，细心揣摩，仔细体味。逶迤起伏的情绪，并不平铺直叙。

从“九州清晏”处出来，以中国馆为背景，请一位“蓝精灵”替我照了一张相：那层层叠叠的红，将蓝天白云都远远撑了开去，既写实，也很饱满。

一般而言，我是不太喜欢到人多处凑热闹的，但是，这次却以自然的心境参加，因为，在记忆里，还找不到相同的、类似的宏大叙事的事件，能够整齐而仔细地折叠过去。典藏这段世博游历，是将自己私己体会，稳稳映和在这流水与建筑的史实叙事之中，安稳，踏实，刻画出生命里的一道留痕。

# 有轨电车

开电车的人开电车。在大太阳底下，电车轨道像两条光莹莹的，水里钻出来的曲蟮，抽长了，又缩短了；抽长了，又缩短了，就这么样往前移——柔滑的，老长老长的曲蟮，没有完，没有完……开电车的人眼睛盯住了这两条蠕蠕的车轨，然而他不发疯。

在中国文人笔下，上海的电车是颇为奇特的景致。民国女作家张爱玲钟情于描述电车。她笔下的市声，有着电车的特殊声音。她的小说《封锁》，不仅写电车，还写开电车的人。自一九〇八年三月五日起上海就有有轨电车了，第一条英商有轨电车的起点站，就在常德公寓旁的静安寺路（今南京路）上。所以，她对早年上海的电车有着浓浓的感情。张爱玲喜欢电车，喜欢写电车，她常赋予笔下的电车以深情。她以写上海风情出名的小说中，有好几篇是以电车为场景展开的。

一个城市的时代特征，常常要由许多符号来注解。电车，就不可避免地会在老上海的时尚广场中出现。最早“克林克勒”，顽皮地向我驶来的，就是张爱玲在《公寓生活记趣》中的那辆电车：

我们的公寓，近电车场邻，可是我始终没弄清楚，电车是几点钟回家，你没看见过电车进场的特殊情形吧，一辆衔接一辆，像排了队的小孩，嘈杂，叫嚣，愉快地打着哑嗓子的铃，“克林，克赖，克赖，克赖！”吵闹之中又带着一点由疲乏而生的驯服，是快上床的孩子，等着母亲来刷洗他们。车里的灯点得雪亮，专做下班的售票员的生意的小贩们曼声兜售着面包。有时候，电车全进了厂了，单剩下一辆，神秘的，像被遗弃了似的，停在街心。从上面望下去，只见它在半夜的月光中袒露着白肚皮。

它如孩童一般地自语，不疾不徐地行驶在静安寺路（今南京西路）上，是有自己的信心的。瞧，张爱玲的笔，是多调皮呀，电车在她眼中也宛然是个孩子了。我一直以为活在散文中的张爱玲更有生气，她的忧郁情调已在小说中用尽，在散文中便常常流露出松弛自然的表情。

二十世纪三四十年代的上海公交，是以有轨电车为主体，曾经发展到一个非常鼎盛的时期，巨大的人流充塞着每一节车厢，全依赖电车把他们发送回家。可惜的是，张爱玲笔下的上海的有轨电车，于一九六三年八月十四日寿终正寝。渐渐地，有关电车的这份记忆就遥远了，“克林克勒”的声音也渐渐消失在过去的时空里。

现在的上海，还是有一些无轨电车的，虽然大多破旧，但是它很有磁性的电机声，来来回回穿梭的身影，总显得青春，透着孩子的俏皮和少女的妩媚，它车顶上的那两条长“辫子”，灵活地支撑起一方天空，像是有所依恋的，有所指向的，又含着一心一意伴着你过日子的心思在里面。

私下里觉得，都市里的物事与电车结伴，大略都带有诗意。在灰蒙蒙的都市中，来回穿梭的电车，无疑能激起人们美好的感觉。它日复一日地，沿着既定的路线，编织着自己的命运旅程，足以作为城市浪漫的资料。尤其在怀旧氛围浓厚的日子里，电车的穿梭，给单调、沉闷的生活增添了许多情趣。迟滞的梅雨天气，一辆电车缓缓行过，它的辫梢在天空中划过，像是在用力把城市天空那浓重的阴霾给划开。它一路缓缓滑过静谧的思南路、洋气的衡山路、深邃的复兴中路，穿过一路遮天蔽日的梧桐，就这样，营造出了醇厚的浪漫气息。

每次坐电车，总觉得会和老上海发生点什么渊源似的，感觉自己的呼吸也变得婉约和细致。电车，就像墙上挂着的老月份牌，留声机里放着的老唱片，它的身影是浸在浓浓的怀旧情绪之中的，是老上海的一处生活细节。可在现代都市中，它孤傲的身影总显得落寞，像是留不住过去时代的青春记忆似的，无奈地在俗世中藏身。上海的风情街里，有一辆老式电车，独自在那里，暗怀着一种耿耿于怀的寂寥，好像憋着一口气，不依不饶地抗争到现在，像是为了见识一下这当代的时尚。

可在我眼里，现代电车纯净、美好，是不知和时代较真的，它只是沿着既定的路线，重复地画圆。街头，一辆新型空调巴士驶过，相比之下，电车显得松弛、迟钝、不修边幅。它那电流的嗡嗡声，像是在发表着议论，有些嘟囔的不满，却也无可奈何。可它并不认真地追究为什么会落入如此困境。只是依然“叮叮”地响着，重复演绎自己单纯的旅程。可它的身份毕竟是有些模棱两可的了，是缅怀过去的那种荣耀，还是持续如今的落寞？那“叮”的声响中，像是它长长的思索，是还没有打定主意的停顿。

上海开埠初期，英商聘白尔电车公司试行有轨电车，一幅招贴画中，那电车滑着狐步舞开过来，有种天真的神情在里面，好像这种从无到有的跨越并不神秘，而是如此简单。那些围集的人群，脸上的神色分明不是惊奇，而是给予一种敬意，一种庄重的寄托。这不过是一张黄旧的照片，可是却盈满新美的气息。阅读上海电车的发展简史，看电车如水般漫漶开来，覆盖至城市的各个角落，也带动了彼地的发展。经过这么多年，时光流沙般地漏过，它早已是城市生活中的一个常态，如同来回奔驰的地铁，仪态万方，步伐坚定优美。

上海风情街开放的时候，我特意去参观了一下，一圈兜下来，老虎灶、当街米铺、弄堂天井等若干怀旧风情中，印象最深的是一辆旧式有轨电车，赫然停在那里。外面一群人扶老携幼，还有一对年轻恋人候在那里，一副甜甜蜜蜜的神情，很让人想起时下打旧上海招牌的言情剧来。现在影视剧时尚怀旧，首选地是上海，有轨电车是其中的必要元素。它的身份如此贵重，并非导演的创新，不过是古代香车宝马的翻版罢了。古代的才子佳人，一旦谈起恋爱来，必有什么车儿、马儿相随，由此才衍生出“墙头马上”式的一见钟情，或者“香车寄在谁家树”的哀怨。延伸至现代社会，都市里的电车，便成了这些车儿、马儿的替代品。

让人好笑的是，现在因为有了影视基地，资源可以共享，于是在不同版本的剧中，大家用的似乎都是同一辆电车，标有“1930”的字样，不辞辛苦地跑来跑去。它身影频繁地出现在影片中，而观众竟不觉其厌，我想，应是因为爱情的行程迥然不异吧。主人公的爱情大多与电车有关，通过一次偶然邂逅，拉开了戏剧的帷幕。只是爱情之路行走起来颇为不易，总是滑行出最初的轨道，漫生枝丫，坎坎坷坷。爱情是无轨的，这一点导演最清楚，而有轨电车的运用，不过是为了营造点春日迟迟的怀旧气氛，来给爱情故事加点作料。

可又不仅如此，有轨电车的参与，有时还起着起承转合的作用，引导那无轨的爱情最终各有归宿。常常是随着剧情的发展，一会儿一对恋人要伤心地告别，一会儿又错失相见机会，总之那辆电车会恰到好处地出现；就是最终两人的相聚，都免不了是这位电车老兄帮大忙。看来，在导演眼中，它已成为解决爱情脱轨、无序的一种必要道具，因此，它能在剧中混个脸熟，也就不足为怪了。

时移世易，地铁已然成为当代爱情的发生地，依然是有轨的车来演绎那无轨的爱情。而观众也是那么好商量，毫无例外地为编排的爱情故事唏嘘感叹。足以令人体谅的是，无轨的爱情大体会使故事更加好看一些吧。

有时，看电车，就是为了看它在城市的时空里，缓缓地流动、游移，同时，也看到了一座城市的青春爱情盛衰。

# 感悟上海路

上海的路，约有千百条。光是路名，就够引人丰富联想。莲花路凡俗，逸仙路儒雅，李村路朴质。圆明园路给人以沧桑韵致，世纪大道则令人悠然向往，一二八纪念路含一丝苦涩，打虎山路有一点幽默。两三字的组合，有着泾渭的对比。

上海的路像一副纵横交错的棋盘，总也理不清头绪。有的内蕴深厚，似一部小说；有的灵气十足，有着散文的洒脱。有的宽敞而粗犷，一条通天大道，笔直得坦坦荡荡，让人不由自主地感觉到爽冽；有的静默而秀气，两旁树木繁阴，虽不是跳眼的漂亮，但却宜人的可爱；有的古典，伴着林林总总的洋房别墅，白色的栏杆，宛若江南姑苏的小家碧玉；有的现代，缀以鳞次栉比的摩天高楼，透明的玻璃，徜徉着蓝天与白云，一幅北方闺秀的大家风范。

南京路，绚丽辉煌，凝聚着潇洒妩媚的上海风情，它是繁华和时尚的象征。

延安路，扭动腰肢，将自己美丽的身影投入了江中隧道，宛如开启黄浦江的钥匙。

安仁街，逼仄而喧闹，两旁推挤着旧宅，人潮来去，晕染着尘世间的烟火气，但却衬出豫园的粉墙黛瓦、轩廊画栋。

世纪大道，气派非凡，“以人为本”的经营理念，将上海的路推入了另一个境界。

上海的路宁静而优雅，有的似只供人观赏。思南路，两旁法国梧桐叶的沙沙声，疏疏落落的车流，一缕淡淡的悠远的往日情怀，让人思绪缭绕。在细雨飞丝的季节，撑一把玲珑小伞，步入弄堂深处，可以寻到梅兰芳旧宅。漫步于这样的路上，即便有飞驰而过的出租车，也不影响对它的品味，那是在笔直的街景中无法体会的感觉。

更多的是民居中的路，长长的宅弄如蛛网罗织。站在弄堂口，往幽深的弄中望去，那条无数人的鞋底打磨得很光滑的石板路，宽不过两米，窄得仅容人擦肩而过。两边是深宅大院、斑驳的山墙，嵌着已辨不清原色的木格小窗。随着上海前进的步伐，这样的路是越来越少了。

步行在上海的路上，有越来越多的感怀，也有越来越多的从容。

# 桥的传奇

在我对上海城市轮廓浮泛的认识中，最先浮现的是桥，最后消逝的还是桥，像按捺不下的浮标，此消彼现。

桥，是城市道路之间的一个插叙，虽使正说到兴浓处的话突然的离题，却总是恰到好处，引起人行走的兴味；桥，是现实中构建的一个梦幻，在桥上行走的过程，是一次偏离现实的情绪体验，眼见的是江水，感受的却是胸中的臆气；桥，是生活中的经典细节，是画家笔下必不可少的素材，延伸开去，是古典的情调、现代的心境。

苏州河、黄浦江孕育的上海，本来就是一座水城市，桥的建造便显得理所当然，在流水波动的城市里，桥显得楚楚动人、风姿别致。这些桥，有的形如排箫，有的酷似竖琴，在城市的发展中奏出了柔和优美的抒情乐章，奏响了都市新生活的优雅曲调，演绎出百年上海的华丽传奇。

外白渡桥是老外滩的一个变奏，它建在苏州河与黄浦江两河相悦之处，已显其胆识，虽几经波折，可能从百年前的历史中突出重围，悠然踱步至今，仍不失其风流旖旎、委婉多情之态，确实给百余年后的世人一个出其不意的惊喜，这是历史向现实的延伸。

四川路桥相距外滩不远，弯过它北堍西侧的那英国古典式建筑——上海邮政总局，就标志着进入了虹口的文化商业区。漫步在多伦路一带，因二十世纪三十年代这里曾云聚过许多名作家，还有一些书店、剧社，让人立刻能感受到浓浓的文化气息，这是商业文明向人文意识的延伸。

西藏路桥往年是蓬头垢面的，狭窄的桥身已难承受拥挤的车流，可是扩建后的它却已是贵为新妇了。八车道的桥身，显得姿态雍容，它引导车流从闸北区处开过来，流向南京东路、人民广场等溢彩流金之处，这是落寞清寂向喧嚷繁华的延伸。

每每走过这些桥的延伸处，便能感觉到这些姿态昂扬的、俯首的桥，在时代这个技艺精良的琴师指挥下奏着繁管急弦，应和着这个城市发展的节奏，传奇也便悄悄地在时代的风云际会中缔造而成。

黄浦江两岸也在不断延伸苏州河边桥的传奇，“浦江六桥”将浦西的商业文化巧妙地嫁接到浦东的现在乃至未来，从而成为缔结“新生活”的一种文化符号。

二十世纪九十年代，从复旦向北，去往浦东的途中，必定要经过杨浦大桥。

每次行车路过这里，等车开至桥中之时，我便会从座位上慢慢扭转身姿，不由自主地回望这座亚洲第一斜拉大桥。那一条条规整的斜拉缆条，从稍粗一点的主线上放射出去，然后被规整的、有弧度的桥边稳稳地、有力地收拢住。只觉得那清晰的、富于力度的美，在这里无限张扬开来，浦东之美也倏忽近在眼前了。

杨浦大桥，在当时还身为学生的我心中，是跨越之桥，是世纪之桥，是天籁之桥，它轻盈、别致、华美、优雅，仿佛是一个传奇的代名词，既富于现代城市的气息，又深具艺术美的气质，相比那些直刺天空冷冰冰的建筑，它那弧形的、曲线优美的形态，简直就是一件打磨精致的艺术品，非常温暖人心地，慢慢消融着城市中那种硬的、冷的感觉，在浦东浦西的交响乐合奏中奏出振奋人心的乐章，令人难以忘怀。给我印象最为深刻的，可以说就是杨浦大桥，因为它的华美，是与一段特殊的学习岁月联结在一起。

随着工作、生活的不断绵延、渗透，我又路过了上海的许多桥，比如，外白渡桥、恒丰路桥、西藏路桥、四川北路桥、谈家渡路桥……在它们宛转延伸之处，见证着城市的历史文脉，延续着城市的人文风情，呈现着城市的灵魂所在。

# 怀旧电影院

在我看来，城市里盛行的录像、影碟、电子游戏等，永远不能侵袭人们那初恋般的感觉，只有电影院除外。无论何时，电影院带来的青春盛事，件件都是苍然可爱的。

每次，走过电影院的门口，总觉得它们很安详、很富足，像温润的瓷、剔透的玉，透着股暖暖的、甜蜜的恋爱味道。电影院，也是都市的肺腑，去电影院的日子，就像是和这座城市有了肌肤之亲似的，精致的、润滑的，悄悄唤起人心底的温情。

多年前念书时，常去的是翔鹰电影院和四平电影院，这两座影院均简单平常、安详朴素，与城市粗犷的浮华背景形成对比，比较符合我的观影标准，像饮淡而白的白开水，有朴素家常的味道，适合学生时代的我去品尝。翔鹰电影院建于一九八三年十月，位于翔殷路 1111 号，地处市区东北面地段繁华的五角场。和朋友在翔鹰电影院看《东邪西毒》，整个影院都没几个观众。二十世纪九十年代，卡拉 OK 盛行，电影院很难撑下去，有的甚至办起了咖啡厅、录像室和电子游艺室。那时去电影院，娱乐的成分并不多，而是为了享受那份暗，寻找一份家的感觉。因此，这些影院在回忆里是温和而委婉的。

可只不过几年的时间，好像只是打了个小盹儿，这些影院立刻被时光的快车抛下，那份寻家的感觉泯然消失殆尽。当时代向前发展着，电影院也迎来了自己焕然一新的时代。在上海，看电影已成为时尚。而时尚影院的内部装饰，宛如一款缀着流苏的流行时尚围巾，微微垂着，显得纯情而有质地。过去观影的浮泛记忆，就像油花儿漂浮在水面上，再也难以融入进去。我明白，再也回不到过去，找不到当初看电影的感觉。

一本杂志列出一份都市电影地图，一条条暗绿色的线条，像藤蔓的触手一样延展着，缀满了一个个红色结实的圆点，这圆点即代表了一座座电影院。但是这种描述毕竟有些隔膜，如果把这些圆点一一还原的话，会发觉它们个个脸相不一、与众不同。有的古典，有的欧化，有的单纯，有的暧昧，每张脸上都写满了一些旖旎风情故事，是让人无法一一猜透的。在我看来，这座城市影院的历史，就像一张秘密图纸上没法厘清的线团，虽然时光修平了一些芜杂的枝节，可是对于它内在的实质，仍然没有弄清似的，透着一股神秘莫测的气息，梦一般令人恍惚不已。

感兴趣的有两处电影院。去上海图书馆的路上，坐 738 路车，到陕西北路终点站下车，穿过中信泰富那冷冰高大的楼影，迈过南京西路的路口，即是平安动感电影院。它处在十字路口，周围是来往的车辆、行人，不得不收腹而立，门口连块落脚的地方都没有。“平安动感电影院”几个字，像是谁开玩笑，顺手贴在门口的标签。初见时，它给我一种孤独的感觉，是有高处不胜寒的寂寞在内的。周围虽有明亮的霓虹，有喧哗的人影，可骨子里的清寂仍隔着薄凉的暮色透出来。平安动感电影院的前身是“平安电影院”，在庞大的“平安大楼”底层的正中心。平安电影院代表了老上海一个时代的缩影。

平安大楼底层前身为安凯第商场，二十世纪三十年代是西班牙驻沪领事馆所在。一九三九年，美商雷电华影片公司葛安农、勃力登投资将大楼底层安凯第商场改建为平安大戏院，是一家小型的二轮影院，设座位五百零四个，小巧而别具风格。当时，住在附近常德公寓的张爱玲就是“平安大戏院”的忠实观众。

张爱玲如此描写“平安大戏院”:“全市唯一的一个清洁的二轮电影院，灰红暗黄二色砖砌的门面，有一种针织粗呢的温暖感，整个建筑圆圆的朝里凹，成为一钩新月切过路角，门前十分宽敞……”

九十年代，平安电影院因几经改名，经营惨淡，终于消失了。但见的次数多了，竟从它这份小小的寂寞中读出一份沉稳来。它虽小，可却从不肯潦草地度日，每日上映的新片，都不含糊地贴出。在粗糙潦草的外表下，它藏着的是一份容忍之心，并渐渐养成自己的一份气质，精致、缠绵、绰约，与这座浮华时尚的城市相融。

还有一处，是新光电影院，下了班去福州路时常要经过的。在窄小拥挤的宁波路上，它瑟缩的，和一堆破败不堪的杂货店拥挤着，缩头缩脑地探着头，好像生怕作为时代的浮沫被撇去一样。读到上海女作家陈丹燕的一篇文字，知道这样一座电影院，竟然也是藏有来历的。在七十年代，它几乎成为上海专门放映一些所谓内部资料电影的一家电影院。作为某种特权象征的内部电影，总是与新光电影院联系在一起，像是为它笼上了一层神秘的光。

人头攒动的幽暗大厅、大理石过道、细帆布靠背椅、紫红色平绒布……陈丹燕回忆的文字潮水般覆盖了影院的破败面目。从书中潜泳出来，默然发觉，在时光流转中，它却显得那么老实、柔弱，又带有几分情致，命运就不济了，渐渐就落败下去，沦为极为普通的一员，这是城市影院发展更迭中，相当感伤的一幕。只有青春期的恋人们，还像热爱自己的家一样爱着它，他们需要这样滋生温情的环境，像文火一样慢慢烹调他们的恋情，使之由生变熟。

若用悲和喜来形容城市影院的变迁，显得太过沉重。在城市的抒写中，它没有建设起大恨大爱，也从没有沦为彻底的绝望，它的芯子里，是温婉、平和的，是一味要和这城市厮守在一起，不较短长的。因此，这就透出了它的见识、它的情致，于寂寥茫然的都市中升起一些哲意来，让身处其中的都市人去细细品味。

## 第二辑 >>

# 感旧往事

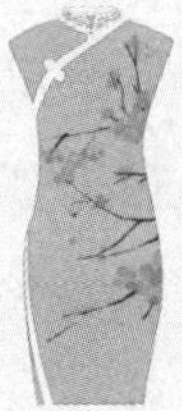

GAN

JIU

WANGSHI

# 上方花园往事

在淮海中路 1285 弄近华亭路，有一处上方花园，这里曾经住着出版界的传奇人物张元济先生一家。

张元济是中国近现代出版史上的一位传奇人物，他和康有为，都是近代中国思想界、文化界的翘楚人物，然而，与豪爽大气、张扬恣肆的康有为不同，张元济可以说是一个低调稳健的人物。

张元济，字菊生（1867—1959），是清光绪十八年（1892）的进士，授翰林院庶吉士，一八九四年任刑部主事。张元济在一八九八年参加戊戌变法失败后，因被清廷“革职永不叙用”，于是就举家从北京来到上海，创办了商务印书馆，由此也成就了一段中国近代最大的出版机构商务出版的传奇。

张元济一家原来住极司菲尔路（今万航渡路）40 号。那是一幢耗费了张元济半世辛劳建造起来的洋房，有英国风格。张元济在那里主持辑印了《四部丛刊》和《百衲本二十四史》两部传世古籍，成为当今古典文献的宝贵资料。商务印书馆的许多出版方针也在此诞生，蔡元培、陈叔通、李拔可、沈钧儒等文化名人经常光顾张家，从北方来的梁启超、傅增湘都曾在那里小住。后来，为了躲避险恶的政治环境，张元济就将极司菲尔路40号的老宅出售，张家也于一九三九年早春迁居霞飞路（今淮海中路）、善钟路（今常熟路）口的上方花园。那是一条新建的新式里弄，每栋住宅为三层，前面有一小花园。张家租用的是在第三条横弄的最后一栋。

最早的时候，上方花园曾称“沙法花园”，其实，所谓沙法花园是一大片地，从霞飞路、善钟路口一直延伸到南面的辣斐德路（今复兴中路），往东包括现在的新康花园、音乐学院等许多地块在内。在早期的上海，那片地曾经是一个名叫沙法的犹太人的产业，后来他将地分割成若干块出售，于是就建起了新康花园、南面沿辣斐德路的游泳跳水池（今上海交响乐团新址）等。

上方花园是张元济起的名，“上方花园”这四个字也是张元济提的，而且还亲笔书写了四个大字，刻在里弄大门的门柱上。“上方”二字在古文中有“天界”之意，也有说成是“阳气所萌生”的方向。有时还可作“尚方”解，是古代的一种官名。综合这许多含义，张元济所提的这个名字用今天的大白话来说，可以解释为“处于黄金地段的一块高尚儒雅的风水宝地”，但后来人们均不解其意。也不知道到了什么时候那门柱没有了，张元济写的“上方花园”那四个大字也随之消失。现在门柱上的几个大字是后来做的，并非张元济的手迹。

上方花园住宅是由英商马海洋行设计，有独立式、联列式、行列式等类型的房屋七十余幢，大部分为西班牙式，环境幽美静谧。在这条里弄里，最早入住的有不少当时的知名人士，如中国近代外交家颜惠庆，我国古方志学权威张国淦，被誉为中国现代会计之父、现代会计学界泰斗的潘序伦，新华银行总经理王志莘等。张元济的新居共有三层，每层有两间并排朝南的大房间，屋前有一个小花园。张元济将底层东侧做客厅，西侧为餐室。客厅正中墙上挂的是清初文学家龚鼎孳和孙承泽所书的堂幅，澹归和尚亲笔屏条挂在右侧。在餐室的近窗之处放置有三个书橱，内藏《四部丛刊》，而藏有《百衲本二十四史》的几个书柜则放在朝北的小会客室内。张元济的卧室在二楼西侧，张元济的孙子张人凤曾撰文详细记述了张元济的卧室兼工作室：“除了几件简朴而结实的家具，就是大堆大堆的书；房间西北角放着一张黄褐色的床，那是父亲工作以后用第一个月的工资为祖父母定制的；床前有一张红木方桌，这是曾祖母的妆奁，现在成了祖父的工作台……”在张元济的那张红木方桌上，摆放着他经常用的文房四宝，这是他真正工作的地方，笔墨纸砚都摆放得井井有条，家人不论早上去向他请安，或是从楼梯经过他的卧室，总能看见他伏案的身影。文化的熏陶需要一种气氛，张元济以他渊博的学识，自然而然地在家里营造起一种文化氛围，使晚辈们自幼得以沐浴其中。

张元济在上方花园度过了人生的最后十九载，历经抗日战争、解放战争和中华人民共和国成立三个历史时期，可以说，上方花园曾经见证过张家最大的光荣：一九四九年，张元济由儿子张树年陪同上北京参加全国政治协商会议第一次代表大会和开国大典，并当选为第一届全国政协委员；常有一些政府的高层领导来张家，一九四九年六月初，上海刚解放不久，当时的上海市市长陈毅与周而复登门拜访了张元济；八月，陈云来过，他参加革命前曾在商务印书馆工作多年，并由此走上革命道路，他是比较念旧的，所以中华人民共和国成立后不久就拜访了阔别二十多年的张元济。至于上海市的其他领导，来得更多了。但是这些充满阳光的日子很快就蒙上了阴影。这年的十二月二十五日，张元济应邀出席商务印书馆工会成立大会，在致辞时突发脑血栓中风晕倒在讲台上，从此开始了他的十年病榻生活。张元济虽然卧病在床，但依然在家人为他特制的一张小桌上，先后为《汪穰卿师友书札》《樊锥文集》《粟庐曲谱》等著作题签，还整理了《涵芬楼烬余书录》，撰写了《追述戊戌政变杂咏》，校勘新发现的宋刻《金石录》等，并担任上海市文史研究馆首任馆长。

一直到一九五七年，张元济病情渐重，于夏天住进了上海华东医院，从此再未能返回上方花园寓所。

张元济一辈子，为人沉稳，做事认事，没有洋洋洒洒的讲话演说，也没有著作等身的高头讲章，以致在今天很多人没有听说过张元济的名字。要说张元济的成就，更应着眼于他对商务印书馆的创立经营，他对中国民族出版业的巨大贡献。张元济是清朝的翰林，但是他具有非常出众的用人思想，为了创办商务印书馆，聘请了当时“具有新思想、新知识结构”的中青年知识分子来商务工作，还崇尚革新，吸收西方的文化，摒弃陈规陋习，编制过许多新课本和工具书，翻译有逾百种西方小说名著，出版有几十种期刊，如《东方杂志》《小说月报》《绣像小说》《教育杂志》《妇女杂志》等。可以说，商务印书馆为读者提供了大量的优质精神食粮，也为几代知识分子构建起了精神园地。张元济以无比的魅力在文化出版界开创了一番伟业，实在令人钦佩。

张元济的孙女张珑曾经写过一本《水流云在》，里面铺叙有上海极司菲尔路40号、牯岭中路118号A、上方花园24号等家庭生活；她写在中西小学、中西女中、圣约翰大学的求学生涯，以及她描述初到北大工作时老北京的街头情状，均极细腻生动。如今张珑虽已年逾八十，但只要忆及祖父及上方花园的点滴旧事，那往昔的岁月，就好像重新来过一般。现在每年，她有机会都会从北京回上方花园。回到那里，只要一闭上眼，静静一想，就觉得在上方花园时的情景，如在眼前。如今，上方花园外面挂的是“张元济故居”的牌子，楼内六十多年未经修缮的破败面貌不足为外人观。而且如果询问附近居民，也多摇头不知道张元济这位出版巨擘了。往事渐渐地被尘封、被遗忘，但张元济，一个从历史中走过来，经历了中国近代史上最为动荡的年代，一个在出版界开辟草莱、成就伟业，一生只讲奉献不言索取的老人，他在上方花园里的这些往事，却极其珍贵，也让人永远深切地缅怀。

二〇一三年，张珑老师来上海，我曾有机会去过上方花园一次，在那儿，亦见到过张人凤先生。在园内漫步，仿佛还能够感受到往昔岁月里，张元济先生的那份出版情怀。

# 傅雷故居

从谈家渡路桥弯下来，沿着繁忙喧闹的江苏路向南走，沿途会发现一些整洁的弄堂，上面写着中二小区、忠和坊、月村之类，里面绿树婆娑，掩映着一幢幢花园洋房和新式里弄的身姿，间或闪现有姆妈、阿婆的身影，散发着淡淡的人间烟火的气息，很容易衬托出外面的喧闹与忙碌来。可是，外面的繁华却不能渗透进去，给人的感觉便有些时代的沧桑和历史的韵味。每天上班，我都沿着这条路走，一个弄堂一个弄堂地走过去，很快就会经过一处名为安定坊的弄堂，弄口毫无遮蔽地向着马路敞开着，里面是同样的清静整洁，给人一种心境异常淡泊的景象。起初，安定坊并没引起我特别的注意，可当我知道昔日傅雷曾在这里居住时，便觉得每天行走的这段路有了一种别样的意义。

认识傅雷是大学时读他译罗曼·罗兰的《约翰·克利斯朵夫》开始的，小说翻译的字字若金石声，句句起风雷音，克利斯朵夫那艰难困苦的人生历程一直回荡着激越人心的力量，促使年轻的我奋发向上，而了解傅雷的人生，也就成为我殷殷的愿望。在一个秋日的午后，避开周遭那哗然铺张的市声，我和友人走进了江苏路 284 弄的安定坊，去寻访傅雷曾经生活过的痕迹。

弄堂里面少有人迹，纵横交错着一些洋房小楼，也是院门紧闭，只从院墙处探出一些高大颀长的古槐、香樟一类的树影。一开始，我们并不知道具体是哪一幢房屋，凭着感觉直往里走，以为名人定是隐匿于深处的。弄堂并不深，很快就走到了底，面对形貌相似的小楼，我们的步履蓦然而止，很有些惶惑，也感觉有些冒失。只好退回弄堂口，这才看见有一个值班的门卫，便问他关于傅雷的居处，可是他一脸茫然的表情，断了我们再多问几句的念头。只能再向里走，期望能遇见一位上了年纪的老人，毕竟傅雷在这里生活也是几十年前的事了。随后果然如愿，遇到一位外出的阿婆，殷切地告诉我们其实就是挨着弄堂门口的 5 号。

其实已经翻来覆去路过好几次，可当我知道这就是傅雷旧居时，脚步还是禁不住慢了下来。镂空雕花的黑色铁门虚掩着，里面阒无人声。想起施蛰存先生的回忆，他说最后一次见到傅宅的情景："就在一个傍晚，踱到他门口去看看。只见他的门口贴满了大字报，门窗紧闭，真是'鸦雀无声'。"时值一九六六年的八月，住在附近愚园路的施蛰存刚被批斗过，想去看看老朋友，遇到的却是这样一番景象，可想而知，在"鸦雀无声"的院门后面，傅雷的境遇也不会好到哪里去。果然之后不久，便传来了傅雷夫妇含愤弃世的消息，而傅宅也真正是鸦雀无声了。

我们贸贸然地推开了沉默的大门，便见到一处宽阔的院落，用水泥平整过，利落得不堆一点杂物，静静的，没有生气。印象中的院子是欣欣向荣的，傅雷穿着棉丝袄，坐在一把宽大的竹制藤椅上，严肃的面容上露出了少有的温文和婉，朱梅馥依然娴静如初，面含微笑，陪伴在侧，背后盛开着一大团一大团的玫瑰花，生机勃勃地点缀着当时严冷的小院，这是一九五六年傅雷夫妇在自家小院合影时的情景，一切都还历历在目，鲜活如同在昨日。

但是现在已是物是人非，还是那幢普通而安静的花园洋房，三层的小楼，在深秋的阳光中，古朴而典雅，只是住着的人家已是陌生的了。我们牵着手走进去，里面光线昏暗，迎面是扑鼻的阴凉，心情也暗暗有些沉重。踏着楼梯木板，弯上二楼，在拐弯的地方停下，房道的门口是一堆杂物，可见住户的窘迫。正在我们探头张望之际，里面出来一位女士，问我们有什么事，知晓来意之后，她有些淡淡的，似不愿意被人打扰，指了指下面说：傅雷就死在二楼。看到她不屑的表情，心里不由得涌起一丝隐痛，原来在我心中珍重如斯的人，在世俗人的眼中，其实只不过是淡而又淡。

于是又折转身下楼，看到的却是紧锁的房门，仿佛里面隐藏着不可知的秘密。我们没有见到屋内的情景，其实即使见了，也是一些不相干的事物，对于傅雷，一切都只能从记忆中搜寻，靠想象来完成。那是三十七年前的一个秋夜，工作过后的傅雷又在书房多待了一会儿，这次他要完成的是一项特殊的工作，写一份遗书。批斗、辱骂、殴打、抄家、贴大字报，这些已经让他忧愤难当，谁知又被搜出一面有蒋介石头像的小镜子，一张登有宋美龄照片的旧画报，这些所谓的反党罪证，让一生坦荡磊落的傅雷百口莫辩，加上儿子的出走英国，这在当时可说是叛国的行径，他内心的焦愤可想而知，因此唯有一死可以表自己的清白。遗书是用小楷写就，认真工整，尤其是对身后巨细的交代，体现了傅雷严谨仔细的作风。遗书写完了，他下楼来，与妻子又谈了一会儿，也许他们又静静坐了一会儿，直到凌晨。先是傅雷从容地饮一大瓶毒药辗转死去，而朱梅馥沉静地安顿好已死去的丈夫，然后从一块浦东土布做成的被单上撕下两条长结，打圈，悬于窗前自尽而死。黑色的夜，沉静的夜，在安定坊，傅雷静静地死去了，和他温良娴静的妻子，死前他们还不忘用棉胎铺在地上，免得发出声响，惊扰他人。施蛰存说这是傅雷的最后一怒，对于莫须有的罪名，他不惜以死来抗争，发出强烈的一呼。

望着哑然无言的房门，傅雷惯有的表情不由自主地浮在眼前：冷峻的眼神，紧抿的双唇。面对黑白颠倒的世界，虽然不言，但可以想见他当时内心的愤怒。记忆中傅雷的怒是出了名的，他另有一个名字叫“怒安”，取“文王一怒而天下安”之意，即是表明了他性情的耿介、为人的激愤。他曾因柯灵将他的一篇文章擅自删节而大动肝火，他还会因翻译的标准不同与他人争个面红耳赤。他痛恨一切虚假矫饰，也不能容忍一名优秀作家艺术水平的错失，张爱玲是他喜爱的一位作家，但正当她在上海滩大红大紫之际，是他一盆冷水当头浇下，以“迅雨”为笔名，对正在连载的《连环套》提出了严厉的批评，指出其艺术水准的下降；他的不通世故让他在人际交往中似乎寸步难行，朱梅馥也说他“脾气急躁，大大小小的折磨终是难免的”，他曾先后两次从美专辞职，而后在交际场上处处碰壁。但是他的这种真率天性也为他赢得了一大批朋友，柯灵、刘海粟、黄宾虹都是他的座上常客，而朋友们有大事很少有不来找他商量的。他对富于才情的作者充满怜惜、呵护之情，他发现了黄宾虹的绘画艺术天分，便不惜余力为他奔走，为他的画写评论，充满了赞美之情，因此黄宾虹直到死时，还一再念叨傅雷是他人生一知己。可他最终没有躲过风雨飘摇的年代，复杂的世事最终还是将他吞噬了。他的悲壮弃世，使得他富于棱角的个性，在安定坊的这幢小楼里得以完整展现。

我们在院内又徘徊了片刻，眼光抚过阳台上的盆花、院内的樟树，只想多看几眼这幢小楼，想象傅雷在这里生活的情景。傅雷是中华人民共和国成立之后才搬到安定坊的，那时的江苏路还没有拓宽，周遭全是挤挤挨挨的街面房子，形成了一道厚实绵密的屏障。生活在这里的傅雷忙碌而充实，他每天早晨七点左右起床，用最快的速度做完日常琐事，然后便回到三楼，回到那间宽大的书斋里，一坐就是十几个小时，阅读、翻译、改稿，《夏倍上校》，丹纳的《艺术哲学》，接着是服尔德的作品，然后是巴尔扎克的《搅水女人》《都尔的本堂神父》《比哀兰德》和《幻灭》三部曲等多种著作。此外，他开始用大量的时间研习书法，搜求碑帖、字画和各种古董。有时也会有些杂事打岔，他就记着在晚上或者星期日补足工作，他就像一座走时精确的钟表，一刻也不停歇。

我书房的书架上珍藏着一本《傅雷家书》，曾被摩挲过多遍，傅雷在书中表现出的严谨精神，激励着曾经求学的我。这些家信应是在安定坊的这座小楼里完成的吧。从信中可以看出，当时傅雷的内心又激荡起无比喜悦的感情，因为他二十岁的儿子傅聪奔赴波兰参加钢琴比赛并在波兰留学，他没有一天不想着他，每天翻来覆去地睡不着，作为母亲的朱梅馥是哭肿了眼睛，但是他不能，他开始给儿子写信，和他探讨艺术、音乐、文学，激发儿子的感想，以此来让自己也得着些新鲜的养料，他不仅在做人方面，而且在生活细节方面、在艺术修养方面都给予儿子体贴入微的指导，他是把儿子当作了朋友来看，和儿子无所不谈，同时也解剖着自己，检讨自己的过失。他是想让儿子把自己当作一面“忠实的镜子”，来借鉴自己的为人处世。从一九五四年到一九六六年六月，他共写了二百多封中文信件，以及九十几封英法文信件，这些信件最终被汇编成了一本《傅雷家书》，这本一版再版、不断增厚的《傅雷家书》，使得傅雷的卓越人格得以完整观照，他散发出的至真至纯的人性光芒也足以名垂千古。

走出了静静的安定坊，迎面又是一派热闹喧嚣的景象，时代的气息似水一般地弥漫过来。沿着江苏路向前走，前面就是愚园路，沿路仍然是一些狭窄弯曲的弄堂，它们在马路后面悄悄地织成一张网，形成缠绵的气息，洇染着我的记忆。慢慢往回走着，在脑海中却徘徊着不能忘却的一幕：工作累了的傅雷也会出门转转，穿过江苏路与愚园路相交的十字路口，到离家不远一处名为月村的弄堂，找一位姓林的老板，殷勤体贴地为妻子买一只瑞士宝路华表。这温馨的画面冲淡了刚才沉重阴郁的情绪。但见天空正悬着一轮灰而白的太阳，在一团秋光的笼罩下，心情也慢慢变得温暖。

# 尚贤坊的爱情

冬日的午后，还纠缠于几天前下过的雪，天白白的，显得有些不够振奋。那残留的微薄的雪，在枯黄的草叶上瑟缩着，小心地开着自己的花，像冬日里人们舒展不开来的心情。

坐车漫步至淮海中路的中环广场，步入其中，那温馨的店堂令灰色的心境骤然明艳起来。从店中那洁净的玻璃窗望出去，对面的358号便是尚贤坊。这座建于一七二四年的建筑，是淮海路上保护得比较好的石库门建筑，虽然它旧日的巴洛克风格已荡然无存，只有三楼的山墙还依稀残留着原始的痕迹，可是它雕花的门楼依然是那么精致，在仓促的时代步履中表现得那么从容不迫，在冬日里呈现出一种温柔的沧桑和清冷的妩媚。

对于深知郁达夫和王映霞这对怨偶故事的人来说，尚贤坊宛然已是一个禁忌。虽然已过去了大半个世纪，可是，时光的利剑仍然斩断不了浮在往事时空里那纠缠不清的情结。望着那雕花的门楼，和显然修整过的弄额，尚贤坊竟如一个线头，让人生的巨手，不断地抽离出纷纷絮絮如芦花般飘荡的往事，郁达夫与王映霞当时那股缠绵的恋爱气息不可遏制地弥漫过来。

一九二七年一月十四日，郁达夫到尚贤坊拜访留日同学孙百刚，谁知在孙百刚住的弄内石库门前楼的亭子间里，住着杭州大家闺秀王映霞。王映霞当时年仅二十岁，正风华绝代。她的美，用一个词来形容，就是饱满，引人有着直欲入世的激情。郁达夫第一次见到她，便顿生惊艳之感，从此“我的心被她搅乱了，此事当竭力地进行，求得和她做一个永久的朋友”。读这样的话，直让人感到他那无法克制的一往情深，甚至他的入定、发呆，微微喘息的呼吸声，我们都几乎是可以听得见的。接下来，郁达夫的行为便有些不受控制。他不仅当时就欣然邀请大家一起去吃午饭、看电影、逛大街，并且从此天天借故来看孙百刚。这一回，他这个“春江旧钓徒”，是下定决心要以多情作饵，用缠绵不断、斩磨不破的情丝作线，来钓王映霞这一大家闺秀的少女情怀。可想而知，一个是情深意厚的才子，一个是情窦初开的少女，这情事能有不成功的吗？何况郁达夫的狂热原本就是不加掩饰的，是让人一下子就看透了的；他对王映霞的痴迷又是不做任何剪辑的，只是原本直白地呈现给人家看。他的这种执着坦诚，最终让王映霞将对他曾有的那种倾慕感放大，以至强化为爱恋。

以后的事，恍然有如梦境般晃过。他为了她，抛妻离子不顾家；她为了他，相识仅短短半年就私订终身，成了他“两头大”

的“二妻”之一。两个人都是视家庭、名誉、地位，甚而至于生命都可抛弃的。他们的结合，曾被柳亚子喻为“富春江上神仙侣”而传诵一时。

郁达夫本是才子，年轻时即已享誉文坛，虽已有妻室，可这旧式包办的婚姻，于多情善感的他，本身即是一种苦累。遭遇王映霞后，狂热的激情让他从伤口出发，不断将两人的恋爱情事，搬运回脆黄的纸上。在他的“日记九种”中，郁达夫记下了他追求王映霞的经过，以及其间所遇到的挫折和痛苦。从中可知，他的感情是突如其来的、不可遏制的，是等不及一朵两朵三四朵这样慢慢开的，按程序来只能让他如火盆里痛苦的舞蹈火舌。本来爱情只能是人生的一小部分，可是在郁达夫的生命意识里，这爱情宛然是最要紧的，他要尽一切力量来焚毁其中阻隔的阴霾。对于王映霞来说，郁达夫有儿有女，又年长自己十多岁，按世俗的婚配，他不是最佳人选。可郁达夫骨子里那飞扬开来了的爱，竟是洋溢着丝绸样的东西，华丽、真挚，有一股淳厚的韧劲，是让她不可拒绝的。于是，从此才子配佳人，便成就了这一段前世姻缘。

一段爱情故事，在最初迅速而简洁地完成构架之后，接下来该如何流畅自如地叙述下去，显得非常重要。两人在上海嘉禾里的五年，王映霞尽妻子的柔情，除了竭尽所能与郁达夫共同建立一个爱巢外，还学着做饭、理家务，并每天精心准备了鸡汤、甲鱼、黄芪炖老鸭，想尽了办法补养丈夫的病体。郁达夫也以“日记九种”的形式把他对王映霞的爱登在报刊上，告知人们他有一位贤淑、聪明、美丽的好妻子；后来，郁达夫为了躲避国民党的政治迫害，举家从上海移居至杭州，又倾尽积蓄苦心经营了一处隐在杭州里巷之中的“风雨茅庐”，可见，两人是准备要从从容容、心平气和地过日子的，是要静心来享受这舒展开来的婚姻生活的。

从后来的文字叙述反推过去，虽然两人也有因性格的不合，不断会有些絮絮拉拉的琐事搅扰，生活充满了磕磕碰碰，可并不影响甜蜜温馨的实质。可人生的底色本来就沉重晦涩，因此故事的承续便如断了弦的琴难以弹奏完一曲完整的歌谣，由于人性弱点的层叠堆积，两人以后的日子竟如碎纸片般潦草飞扬。特别是在和王映霞共同生活的十多年间，郁达夫不改狂放文人的行迹，多次上演离家出走、不告而别的闹剧。有一次，两人经过一番争吵后，王映霞匆忙离家出走，郁达夫一怒之下，竟在《大公报》上刊登“寻人启事”。可想而知，昔日的情义竟被这强有力的一掌反推至真实人生的底渊。此事闹得满城风雨，从此，两人貌合神离。

更要命的是，郁达夫暴露家丑的癖好并不就此收手，反而其人性中的黑暗情感开始如野草般疯长。他在新加坡担任《星洲日报》副刊编辑期间，竟将他的《毁家诗纪》寄到香港的《大风旬刊》发表，里面包括详细注释的十九首诗与一首词，涉及了他和王映霞的婚姻触礁的点点滴滴，以及他对王映霞的种种猜忌。郁达夫的这一近于失去理智的疯狂之举，简直达到了情感纠葛之中不可复写的细致。他的这一做法，是将自己放置在一个极端的环境里，其空间和前景都相当逼仄，他自己自然极难转身，两人的婚姻也注定极难有前途。王映霞被迫也写了《请看事实》和《一封长信的开始》两篇长文，毫不留情地把对方指责一番。从此两人势同水火、冷战分居，并于一九四〇年三月正式协议离婚。从此，这对“富春江上神仙侣”各自劳燕分飞。在清廓的冬日里，我明显感到两人那被伤害的内心的纤细纹路在寒风中微微颤抖。

尚贤坊的整体轮廓呈弧形状，线脚简洁明快，有一股令人铭怀的纯净气息在内。我喜欢尚贤坊，被它那略微有些不可侵犯的姿态所吸引。它夹在淡水路和马当路中间，神闲气定，周围虽然簇拥着中环广场、太平洋百货，交错着地铁和南北高架路，显得商业气十足，可是它却显然不为这纸醉金迷所动心，是历尽沧桑后仍然不失大家风范的。

可后人对这对佳偶终成怨偶却似是难以保持大家风范，多有激烈的指责在内。看过一本写郁达夫的传记，又陆续读了一些后人撰写的文章，竟越看越糊涂，越看越惘然。对于郁达夫与王映霞的仳离，不少人（包括郁达夫本人）均指涉为是第三者的介入。可在我看来，所谓的第三者其实都只是些无稽的妄谈，也许这个难以解开的情结还是得回归到两人身上。翻看郁达夫写给王映霞的情书，从中可以殷切地感到，郁达夫的那些痴心情话，实际是一层又一层地向上堆码着蜜饼，可是这码成的蜜饼一旦细细吃起来，却是会腻得让人难以消受得了的。郁达夫那种要死要活的烈焰般烧着了的爱情，是一般人难以承受，也是很难顾忌到对方的感受的。郁达夫在一九三一年游桐庐严子陵钓台时，曾乘着酒兴在祠堂的高墙上写下一首《钓台题壁》的诗。全诗八句为:“不是樽前爱惜身，佯狂难免假成真。曾因酒醉鞭名马，生怕情多累美人。劫数东南天作孽，鸡鸣风雨海扬尘。悲歌痛哭终何补，义士纷纷说帝秦。”郁达夫和王映霞的这段情事，也许正如他在诗中的表白——所谓“情多累美人”吧。其实，因为自己过于大男人，郁达夫反而看不清对方内心细致的感受，只能在一种轮廓中粗略地感受对方。他想用一朵花去覆盖另一朵花，可实际是不知道太浓烈的爱，宛如锋利的纸，看似柔弱无骨，可也会伤人。

这些琐碎繁杂的、不可厘清的血痂往事，已如雕花的窗格般被悬空置放在某个地方，供人评说。可那些追忆的文字，无端的猜忌……始知所谓白纸黑字，竟是不可靠的，是不能辨清事实的。突然感到厌倦，这芯子里的事谁能说得清。恍恍然地，只记起一些细节：这个曾自诩为“江南一布衣”的郁达夫，在和王映霞热恋期间，曾写了无数的情诗，其中一首常为人传诵:“朝来风色暗高楼，偕隐名山誓白头。好事只愁天妒我，为君先买五湖舟。”而王映霞的墨迹写的也全是郁达夫的诗，这点滴的恍惚迷离只让人对他们曾有的浓情蜜意而心襟撼动，只愿这样的洒脱情怀可以永驻人间，可如今却只空留着令人嘘叹。郁达夫后来在苏门答腊岛被日本宪兵杀害，而王映霞却历经风雨，在后半生免去漂泊之苦，因此得以长寿，想来是让人有所欣慰的。

上海应是有所谓郁达夫路线的，可那被郁达夫称为“鸟笼”的嘉禾里，让郁达夫为见王映霞找了半天的坤范女中，我都没有再费力去寻找，因为从他人的文章中得知这两处地方已是面目全非了。可是这对情侣曾经那般的爱恋过，那有如粗棉布般舒润而畅实的日子，让我隔着岁月的厚幔能真切地感觉得到。再抬头看对面的尚贤坊，面对如此繁华的淮海路，很难让它再倒叙回昔日的场景。它显然是聪明睿智的，在郑重其事地完成对自身的素描之后，就不再干预这世事的沧桑，只是一味承受人们对它的追寻与探询，然后，等待时光把这昔日曾有的绝世悲凉慢慢稀释、淡化。

# 白先勇的上海

几年前白先勇来复旦，与研究生座谈，当时是想去听的，但有事没去成。后来只在一位学妹写的文章上得知那次座谈会的点滴。没见成，总含有淡淡的惆怅，像是蒙了一层不透亮的油蜡纸，影影绰绰地浮着他的影子。

后来有一次，是在电视上，看到一位轻巧可人的主持人，介绍白先勇在上海的故居，忘了是他曾寄居在虹桥之处的住所，还是坐落在市区的洋房。印象中是一座白色的府邸，绵延满地的绿茵茵草坪，旋转而上的弯转扶梯，那种浓烈醇酽的华丽感，水一般地漫过来，令人不可抗拒。

于是找来《最后的贵族——白先勇传》来看，慢慢地翻着，才知白先勇幼时曾经辗转飘零，从桂林、重庆、南京一路行来，上海是他在大陆漂泊不停的最后一个驿站，然后他随父亲白崇禧去了台北。接下来，便是三十九年的隔海相望。白先勇虽出身名门世家，可他的童年经历，却含有很强的身世感，只是早先的几个站口并没引起我有揪心彻肺的痛感，直到最后的繁华地上海，才发觉，过不去的情感关口又落在这里。上海，应该也是白先勇逃不过去的一个劫吧？毕竟这是他最后一丝故土的牵挂。只是传记是用散文的笔调写成，传主的历程与作者挥霍般的抒情自白粘连在一起，感觉像是打蛋，原本对白先勇的认知还如蛋清、蛋黄般分明，可却被作者越搅越浓，最后糊成一片，难以厘清开来。

丢下书，慢慢冥想。可以说，上海对白先勇有实在非凡的意义。他是一九四六年春天，抗战胜利后第二年初次到达上海的，那时候他才九岁，在上海住了两年半，直到一九四八年的深秋离开。他寄居在那里，也不过短短的两年多时间，而且还因为有病在身，一个人被充军到虹桥郊外养病，这长期的隔离，导致了寂寞、孤独、敏感，浓烈而明晰地向他袭来，把童年的他紧紧包裹住。可是那一段童年经历，却给他留下深切难忘的印象：“大世界”的哈哈镜，当时号称远东第一高楼的“国际饭店”，南京路上的四大公司——永安、先施、新新、大新，“大光明”电影院的红绒毯，专放好莱坞西片的戏院“美琪”“国泰”“卡尔登”，上海滩头周旋的歌……他那童稚的眼睛像照相机，只要看到，咔嚓一下就拍了下来，存档在记忆里。毕竟在上海，向外张望的窗口不断向他打开。才不过十岁的年纪，他就聆听到了婉丽妩媚的昆曲选段，看到了姿态妖娆的百乐门、光怪陆离的大世界、高耸直立的国际饭店……这些鲜润感人的上海印迹由此楔进他童年的记忆里。虽然只是很短的一段时间，他的脑海里却已印下了千百幅“上海印象”，把一个即将结束的旧时代，最后的一抹繁华，匆匆拍摄下来。他后来的作品《金大奶奶》《永远的尹雪艳》《谪仙记》等，皆是他的“上海童年”逐渐酝酿发酵，那些存在记忆档案里的旧照片，拼拼凑凑，开始排列出一幅幅悲欢离合的人生百相来，而照片的背景总还是当年的上海。

虽是将军白崇禧的儿子，白先勇给人的感觉却是“温和”“温柔”。不管是他举手投足的气质，还是待人接物的慈祥，又或者是那支细腻无比的笔。“尹雪艳总也不老。”他的名作《永远的尹雪艳》开头这样写着。尹雪艳是昔日上海百乐门的交际花，中华人民共和国成立后去了台湾，在自己的小公馆里经营出了一个世外桃源，让遗老遗少们乐不思蜀。她在哪儿，旧日的繁华便在哪儿复活。白先勇的笔时而上海，时而台北，似悲似喜，延续旧梦。对于我来说，台北，是响彻在齐豫《橄榄树》的苍茫歌吟里，是沉落在《滚滚红尘》的电影碎片里。想象中，它的潮湿、嘈杂、灯红酒绿，应如同上海的街头一样，互为映衬，互为点缀。一位从香港来的人说，上海的金陵路和台北的街头很相似，漫步到那里，就觉得人是到了台北。可见，上海是重叠着台北的身影的，有不离不弃的相知在内的。

看白先勇的小说，很能激起这种感觉，他笔下的“儿女之情”和“兴亡之感”大多脱胎于上海和台北，这两座城市是他人生中的重要驿站，因而他在小说中不断演绎着从上海到台北的朴素的、痴迷的情怀。

在白先勇的小说里，还有一个金大班，原叫玉观音金兆丽的，一个在风月场中跌打了二十年的红舞女，曾经在上海滩的百乐门撑起过半边天。可在她颇为自负的青春底色里，总是残留着一些伤痛的记忆。一个叫月如的小伙，曾经在她的恣意烂漫的青春里盛开过，她甚至想生一个孩子，来描述这段凄美脆弱的爱情，可是随着腹中胎儿的被扼杀，这段有声有色的爱情恋歌也戛然而止了。

而今，在台北的夜巴黎，金兆丽成了金大班，她捋平了身上的扎刺，过滤掉心中的清纯，一边在心平气和中品味着凄伤，一边有条不紊地打理着自己的舞厅事业，然后在无所顾忌的嬉笑中寻找着人生的退路，庇护着自己曾经受伤的心灵。

她为自己找到的退路是，嫁给一个资产并不丰裕的老头儿。这种人生归宿，原本是她看不上眼的，是用来取笑别人的。可到底是身处异地，今不如昔了。从百乐门到夜巴黎，好像电影断片，再精湛绝伦的技术衔接，总流露出生硬的情感嫁接痕迹。上海的浮华只能成为记忆里的黑白默片，一切青春的碎笑，执着的决绝都碎了一般揉进往昔的记忆里。只是在她行将离开夜巴黎的最后一夜，她不时地将时钟慢慢拨回，在回忆里重温在百乐门曾经历过的华丽仪式感。

金大班的一生，是白先勇用来记录上海到台北心路历程的一株青藤，这株本摇曳在百乐门里的青藤，曾嫩得可以掐出水来，可是，随着时间的流逝，她的那份甜腻妩媚的情愫慢慢地褪色、暗淡，枯淡成一副藤木标本，只能隔着遥远的时空细细欣赏那干枯的茎脉，感受那漂泊的、无奈的情感历程。

有大学生问白先勇，他最钟爱的小说是哪一部？他毫不犹豫地说是《金大班的最后一夜》，在他唯美而含情的记忆里，上海、台北、舞厅、金大班，已成为令人心疼和沉迷回忆里的元素，这些元素在他刻骨铭心的记忆里交融成一个点，可以说这个点，拘泥了他在时空上的想象，但却又拓深了他作品凄美飘零的深度，从而成就了他不菲的文名。

或许，是因为童年的记忆常常与他枝蔓相连，有牵有挂。白先勇虽然身在台北，可是却揭开了回忆上海的绵长帷幕。从他的成名作《台北人》到后来在美国写的《谪仙记》，都烙有上海的印记，繁华、落寞，热闹、寂静，人生忽起忽落的场景，在白先勇的人生情怀中，像个钟摆，在台北与上海之间不停地摆动、摆动……最终是，那段上海岁月，那段浓郁的上海情结，是其笔下众多“台北人”，也是他本人无法忘怀的过去好时光。

# 杨绛的蒲园往事

今人不见旧时月，今月曾照旧时人。初夏，去合众书院参加淳子读书会，海派女作家的讲述温婉有致，她讲述的海派闺秀，一派风情，听了让人怡养性情。会后有心在长乐路附近闲逛，就在不远之处的570弄，有一处蒲园，是杨绛一家曾在民国时的住所，使我徘徊良久。

民国版的上海建筑一直清晰如昨。沁园村是一曲小令，是江南少妇；静安别墅庄重典雅，是海派闺秀。蒲园是青青苍蒲，有文人气质。真是浓妆淡抹，皆成妙景。建筑师心内自养有一番灵气，借建筑表达自己的艺术之思，让行人目不暇接，如行山阴道上。

蒲园意蕴淡远，如菖蒲般青翠清目，清淡的底色衬托着杨绛先生年轻时的往事。

清幽夏日，行走在长乐路上，体会古人笔下浓荫匝地的感觉。长乐路一如既往的安静，红砖镶嵌于粉肉色的墙上，古旧的楼房散发的香艳带点过去的俗气，暗红色的屋顶、灰色或黄色的外墙和偶尔牵着狗走过的路人，交织成一片静好岁月，将午后的时光浸润，富于艺术气息。蒲园倒是清新自然的。文人画家，毕竟不比明星、政要，有那么高的知名度，但是却始终散发着一股幽香。

长乐路在旧上海叫“蒲石路”，是一条有人物、有故事、有历史的路。上海毕竟是海纳百川之上海，居于其间，永远有那么多隐秘的褶皱待人去发现。合众书院底蕴深厚，它是在一九三九年上海沦陷时期，由叶景葵、张元济等人发起成立的私人图书馆。抗战时期，图书馆聘请时任燕京大学图书馆采访部主任的顾延龙先生主持馆务。胡适、于右任、钱锺书、顾颉刚等学者均是该馆的长期读者。一九四一年，它迁至现在长乐路与富民路交界路口的新馆。

钱锺书一家曾于一九四九年早春寄居蒲园某宅之三楼，钱杨二人的生活，依稀有着《浮生六记》情味。

时间缓缓流淌，一九四九年早春，杨绛、钱锺书带着上中学的女儿钱瑗，寄居于蒲石路的蒲园，在一幢楼房的三楼安家。钱锺书称为“且住楼”。和此前将辣斐德路的居所取名“槐聚庑”一样，是出于传统文人的某种癖好，在“南下与北上”（钱理群语）一片乱纷纷之际，钱锺书也面临着“去与留”的艰难选择。

“且住”一词，表露了他处于两难境地的内心矛盾和无奈。

蒲园是一个优雅安静的西班牙式小区，旁边有一家很好吃的鸡肉包子铺。只要有客人来，杨绛就会请阿姨去买来招待客人，她在北京生活多年，还记得那包子皮薄、肉嫩、汁水多。那年，傅雷住在不远处的重庆南路 169 弄巴黎新村 4 号，杨绛、钱锺书晚饭后常常到傅雷家夜谈，一起度过一段美好的时光。

梧桐树枝丫浓密，把道路两旁的老房子遮掩起来，许多往事似乎愈加徘徊缠绵，风般旋绕，不肯离去。杨绛在上海的故居有好几处，拉斐德路钱家、霞飞路来德坊娘家，都留有她形容清瘦的姿影。蒲园却如清幽兰花一样吸引了我。杨先生年轻时的轻盈步履、幽兰馨香的微笑以及她那高雅气质和风度，一下子摄住了我的目光……

蒲园因法国军官蒲石（Rue Bourget）以纪念为命名，由中国第一代女建筑师——张玉泉设计，为西班牙式，一九四二年竣工，刚建成就抢购一空。现在的蒲园是民宅，住宅不算多，很是幽静。人走在弄堂里，穿行在阳光中，挹取清香满衣裳，体会着闹中取静的趣味。

读过杨绛写的《我们仨》，秀慧的笔势孕育着温存的学养，是民国文人淡泊疏朗的文风。后来与《杨绛传》的作者罗银胜老师多次交流，能更深地感受到她冲淡其人、丰盈其文，是个温文尔雅的书卷气人物。

想到杨绛，就想到“不官不商有书香”这句话。她原本性情如兰，守静功力了得。她与钱锺书一对璧人前半生传奇浪漫，后半生颠沛流离，是君子品行的镜影。二十世纪四十年代的上海，环境恶劣，杨绛和钱锺书的生活虽清苦粗安，但他们不改其乐。他们创作不辍，并与旧友新朋相处甚欢，这其中包括傅雷、王辛笛、刘大杰、曹禺、李健吾、唐弢、柯灵、郑振铎等人，所谓“谈笑有鸿儒，往来无白丁”。和朋友相聚吃饭不仅是赏心之事，也是口腹的享受，文化和知识原是这样点点滴滴累积和传播的。

不久，钱锺书被清华大学聘任为外文系教授。从此，杨绛举家离开上海，定居北京，她和上海的缘分也就暂告一段落。但有一首以“蒲园且住楼”为题的七言律诗，被编入《古意（袷衣寥落卧腾腾）》，依然让人记起那时小园高阁的生活情状：

袷衣寥落卧腾腾，差似深林不语僧。
捣麝拗莲情未尽，擘钗分镜事难凭。
槎通碧汉无多路，梦入红楼第几层。
已怯支风慵借月，小园高阁自销凝。

这首精短律诗颇有玉溪诗风，深微细密、浑厚蕴藉，描摹当时羁居沦陷区的生活情状，惆怅而有韵致，既真且挚，分明是且住楼内飘出的一缕古淡馨香。

杨绛的一款书法，被小小地印在《我们仨》的底封上，细腻温润，一望而知，出于学养有素者之手。这样的字，飘着满纸古雅的墨香，足以让后来人低回不已。它以从内容到形式的古韵优雅，给人平添了几多爱好古诗词、追慕古典美的情愫。董桥收到杨绛的来信，面对她的那手温润小书，整洁挺秀的小字，是喜不自禁。他曾说过，写小楷的女子真迷人！张充和如是，杨绛先生亦如是。她的小楷风致远胜于功力，韵味十足，流露出一种业已成为过去的雅致——属于过去那个时代才有的雅致、风华、才情。尺牍虽小，却包罗万象，弥足珍贵，是我们窥看古今艺文之士日常生活的潜望镜。

有段时间，日子过得简静而空茫。友人一再约稿，要我写写杨绛先生。起因大概是我曾写过杨绛先生的一篇小文。以前涉世浅薄，不知分寸，偶然写写；现在岁数渐长，知晓深浅，最终是婉拒了。随着时光流逝，她终将成为我读书生涯里值得致敬的人物，可望而不可即，只能隔岸远远地观望。

从杨绛的个人命运，我们可以看到中国知识分子的命运。不论时代的兴衰，知识分子的选择是很有限的。比起鲁迅和郭沫若等建功立业的斗士型文人，杨绛只是那个时代承受寂寞的文化耕耘者，她并不想“独善”和“兼济”，她以自己的方式，以不卑不亢不媚的态度投入这个时代，博学于文，行己有耻，给时代留下干干净净、深深浅浅的足印。

守得安静，才有精进如今，她是这个喧嚣躁动的时代一个温润的慰藉。她静悄悄地隐身，又在静悄悄地影响着这个时代。

# 民国闺秀葛福灿

民国闺秀的故事有大有小，有繁有简。她们铅华洗尽，返璞归真，历尽世间的奢华百态仍清澈如水。闺秀的那份幽婉娟情，一个精致时代培养的气质，是无法用语言来形容的。徐訏先生的夫人葛福灿就是这样一位。

是深秋吧，与天津学者王羽在仙霞路的巴蜀乡情吃饭。阳光很好，从宽大的玻璃窗里漏了进来。她师从陈子善先生，深有民国怀旧的情结，当初博士毕业，她想留上海，或苏州也行。这都是她喜欢的城市，因为离东吴系女作家近，收集资料也方便。虽然最后，她回了天津，但一有机会，她仍会往上海这边跑。王羽研究闺秀文学痴迷，情怀匆匆如水，曾出版有《小姐集》《太太集》《闺秀集》。和王羽谈及葛老夫人时，她赞不绝口，还特地强调了一句："特别好看。"仿佛民国闺秀的涟漪还在，让人恍兮惚兮的。在她眼里，葛老夫人，面容自然而精致，是有闺秀气质的，颇有民国情结。也让人想起，董桥笔下那些民国的诗礼闺秀，绾着素净的发髻，有一丝丝旧时的韵味，简直可以镶进周瘦鹃的小说里。

二〇一〇年，我曾去拜访过葛老夫人和她的女儿葛原。葛福灿，是徐訏的第二任妻子，后来徐訏先生离沪去港，女儿葛原随了母亲之姓。

葛福灿出身于嘉定一个望族，据葛原在《残月孤星》中回忆："母亲学习成绩优异，曾考取省立上海中学。由于战火不断，加上七岁丧父，家境衰落，作为长女的她不得不多次辍学。以后考取教会办的女子师范学校，为了担负起家庭重担，帮助弟妹完成大学学业，自己却放弃上大学的理想。十八岁起，除了在学校教书外，曾在我二姑母家担任过家教。我父亲从美国回来，姑母们便介绍我母亲同他认识。一九四九年，在宁波结婚。"

葛福灿性情温煦，和徐訏婚后有过一段短暂的幸福生活。只是好景不长，感觉自己曾经风行一时的小说将在新时代变得不合时宜，一九五〇年五月一个天色朦胧的黄昏，徐訏悄然地离开上海前往香港。此时，葛原自呱呱坠地，才五十三天。

老人已经八十高龄，由我这年轻后辈来看，老夫人面容轮廓柔和，肤色细瓷白净，干净清爽。她身上穿一件浅色的上衣，更衬得人清瓷。人至老年的那种清爽，她全有了。很喜欢香港作家罗孚先生关于她的一个评价：“葛福灿高龄八十多，清瘦的面孔还保留着年轻时的清秀，使人记起前不久才去世的沈从文夫人张兆和。张兆和年轻时是出了名的美人，年老了还是不失风韵。”

其实，一见之下，就知道她是一位极有修养的女性，仍保持高贵的气质和儒雅的涵养。在此之前，我曾给葛原打过几次电话，有次，葛原不在家，是葛老夫人接的，她跟我聊了一会儿。从电话里，听得出来，她的思维依然敏捷，一听声音便知道其受过良好教育。由民国那个年代过来的女性，有着深厚的传统文化的熏陶与修养，是现在红极而喧嚣的豪门丽人不能并论的。果然，据葛老夫人自己说，她先前在教会学校读书，后来，在中西女子学校附小做教师。“那时的小学教师，修养都很高的。古文底子也都很厚。”老人连说话温和的音调都那么民国，我说这话是有底气的。葛老夫人点了点头。葛原在一旁，显然有些隐隐的激动。葛老夫人能够和徐訏先生在一起，也是因为爱好文学吧。想起董桥先生曾经写过的一篇文章《寂寞》。说是喜欢徐訏先生的旧。那种旧，是底子里的旧。徐先生的那种旧色，在葛老夫人的身上，仍然映着微光，让人感念于它的迟暮之美。

民国年代的女子，始终善于以一种余音绕梁之态，给予后人以影响。在二十世纪上半叶中国特殊的环境之下，西式的教育像是一脉春风，使当时女子的心性得以复苏。像中西女中重视体育，规定女生必须会骑自行车、会游泳、会骑马，甚至会打网球。作家程乃珊的母亲潘佐君就是中西女中毕业的。后来，我向程乃珊老师提及葛老夫人之事，她显得很感兴趣，她研究海派文化多年，手边珍藏有中西中学教会每一届的毕业相片，她很想知道葛老夫人是哪一届毕业的，如果知道的话，她定能见识葛老夫人的青春飞扬。听她如此一说，倒让我想起，张元济孙女张珑老师曾经提供过的一张中西中学的毕业照，大家均穿着白色衣裙，显然非常雅致。从现在来回望过去，当时的小学教员，国文功底均是不差的。从小接受私塾教育，会诗文，能写字，长大后，在教会学校上学，又受西式教育的熏陶，会英文。我如此一说，程乃珊老师显然也很认同，用稍重的语气肯定了这种观点。

与葛原母女二人谈过书稿之事，不免会谈徐訏先生的家事。能够看出来，母女两人，都不是话多之人，性静而温和。可是，一提起徐訏先生的遭遇，以及徐后来组建的家庭子女对她二人的做法，母女二人依然有所愤慨。其实，这不知是多少次的提及，但是，两人依然情绪激动，葛老夫人也因几十年来的委屈和郁闷而憔悴，可见此事对她们的影响。

我曾看过葛原的《残月孤星——我和我的父亲徐訏》一书，对她曾经到香港一节所受的遭遇，颇有感知。而现在，面对真人实情，仍然能够再次感受二人所受的非难。令我感动的是葛福灿的一句话："他（指徐先生）真的是一个 Gentleman。"只可惜，美人迟暮，心事难寄，她和徐訏在上海的恩爱岁月已是绵邈的往事。

在葛原书中，收有一些老照片。有一张葛福灿年轻时与葛原的二姑母的合影，很引起了我的注意。为了照这张相片，葛原的二姑母特地替葛福灿梳了同她一样的发式，据说，这种发式在当时很流行。从相片能看出，葛老夫人年轻时聪慧典雅、气质不俗。葛原提及，母亲在晚年还不忘用香水，这正是闺秀情结的一个浓缩形态。

母女二人，因崇尚一种平静的生活而沉寂，颇值人负暄琐忆。沉潜的往事，一旦被提及，总会弥漫有感伤旧影。作为局外人，很难体会出个中的悲怆，我和葛老夫人攀谈时，葛原多是坐在一旁静静地听着，特别是谈到徐訏先生的往事时，有时会为母亲的谈话做些补充，有时做些纠正。说到动情处，葛老夫人眼里会隐隐有泪。葛原也说，母亲平时都还好，生活得异常平静，但是，有时一提起往事，免不了会激动。

担心太过打扰，对老人的身体不好，我提出告辞。临出门时，再次端详了一下葛原，宽鼻浓眉大眼，尤其眉形，非常像徐訏。我对她说："你真的很像徐訏先生。"我想，所有见到葛原的人，都会这么说，这是一种血缘亲情，永远也割不断的。这样的宽心话，她一定是听惯了的，可葛原听后，只是淡淡地笑了笑，话语间却透着实实在在的无奈："但是，我们的缘分实在是太浅了。"

这么多年风里雨里过去了，她内心的疼仍然是在的。但是，对父亲的那份真，也仍旧是在的。父亲去世，她的悼念都散落在零星的篇章里。悼念不如感念，关于徐先生的研究会不断深入，而葛原还很年轻，她还会有很多时间，以一种淡定从容的情怀，去追忆父亲，去感知父亲。

# 凤仪园的寻梦人

一连两天冷雨，窸窸窣窣，氤氲得静安区一带都成一幅淡彩水墨画了。无意之中走过七一中学，想起了施济美，这位凤仪园的寻梦人，用生命写就的那段芳华往事，是值得后人深深记取的。

施济美给我的印象是平淡朴质，可是深蕴情味。她的特别之处就在于，在一派新时代新文学的精进气氛里，还能刻意经营出一处民国闺秀的清粉古典后花园。

二十世纪四十年代的上海文坛，至少有三个女作家颇引人注目：张爱玲、苏青、施济美。张爱玲与苏青现在已大红大紫，独有施济美似株幽兰，少被人注意。

可施济美在当时，呈现出与众不同的特质，仿佛空谷幽兰，古典幽微，余韵袅袅，是那样引人注目。一九四六年一月，有位东吴大学的女生参加《上海文化》月刊举办的“你最钦佩的一位作家”，她选择了施济美。在后来的读者调查统计中，施济美位居第四，列巴金、郑振铎、茅盾之后。

这位绍兴才女，连缀着许多雅致、浪漫和故事，在许多仰慕者看来，更仿佛是一个从古画绫缎上走下来的人物。民国三十六年（1947），她在上海出版了《凤仪园》和《鬼月》。接着，又推出《莫愁巷》。旧园、古巷、故人，一直是她内心的主题。民国风味很浓。她笔下的民国景致别具匠心，与其他女作家的记述，是横看成岭侧成峰，对照着阅读则颇有意味。

落红只逐东流水。了解了施济美，不可避免地会了解《凤仪园》。张爱玲的小说，有一种复杂、华丽的密度。相比之下，施济美的小说却是那么清幽华贵、缱绻悲绝。《凤仪园》讲述的是发生在苏州一座美丽典雅又深具古典气韵的私人园林内的故事。《莫愁巷》围绕着莫愁巷这一特定空间，描摹了近三十位人物，构成了一幅饱满鲜活的生活画卷。二〇〇九年，我编过一本《凤仪园的寻梦人：施济美传》，作者王羽也是位闺秀派学者，旧痕新影说民国闺秀女作家，从中知晓了施济美深切感人的身世，也为她的坎坷遭遇唏嘘不已。无独有偶，转到文汇出版社后，名编辑朱耀华老师在微信展示了他编辑的《莫愁巷》，立刻要了一本，成为案头翻阅之书。《莫愁巷》比《凤仪园》的故事更为凄迷，女作家的才情那般浓郁，一段段珠玑文字，让人读后口有余香。

施济美拥有这般的民国韵致，实是六分往昔故园的熏陶，四分西洋文化的锻炼。施济美的父亲施肇夔曾供职于北洋政府外交部，是民国著名外交家顾维钧的得力助手。施济美自幼早慧，诗词书画，功底深厚，读初中时，便小荷初露。她的小说，屡屡在上海《万象》《紫罗兰》等著名杂志上发表，好评如潮。秦瘦鸥、陈蝶衣等名家对她赞赏有加。施济美七岁就到上海就读，后来进入上海培明女子中学高中部。在培明女中读书时，施济美与同学俞昭明因痴迷文学，而成闺中密友，她们分享着文学的乐趣，也分享着青春的秘密。

一九三七年，施济美中学毕业后考入东吴大学经济系。在二十世纪四十年代，施济美不过二十多岁，正是轻弄笔头写惆怅的年龄，她与当时就读于东吴大学、东吴附中的汤雪华、俞昭明、邢禾丽、郑家瑗、杨依芙、练元秀、程育真、杨绣珍等一众清新秀丽的民国才女叱咤海上文坛，号称小姐作家。当时有“东吴派女作家群”之称，施济美是其中的领军人物。

我曾经去苏州，在午后去寻找过东吴大学的踪影。爬墙虎的外墙绿意盎然，扶疏的花木，静好的幽窗，让人仿佛窥见凤仪园的梅影，东吴的月色，女学生的梦痕。关于她在东吴大学的传奇，那股子怀旧气息一直留存着。

也是在编《施济美传》的时候，才知道她曾有一段凄美的爱情经历。原来，当时东吴大学二年级的学生俞允明是她的恋人。俞允明是“十姐妹”之一的俞昭明的弟弟。正是“少年见青春，万事皆妩媚”，诚然是一段可堪回忆的绮丽年华。他们在东吴大学的时期，让人常常想到人世间的永恒静好。其情其谊，使人深为感动。

俞允明在上海沦陷后即去了武汉，后到了四川，一边抗日一边读书，不久在日机轰炸乐山时不幸遇难身亡。仿佛一朵开得正好的莲花，生生连茎掐去。施济美悲痛欲绝，为了俞允明，她瞒着死讯，以俞允明的名义写家书给其父母，安慰俞家的两位老人。她的那些书信，好比色彩鲜艳的剪纸图案，浅浅地衬托在死亡的暗淡背景上；为了俞允明，她深衣素服，清一色人民装，宽大的眼镜，齐耳短发，终身不嫁；后来，她的作品被批判为“小资产阶级情调”，她从此搁笔，退出文坛，专事教书育人。特殊年代，大字报上揭发她是“鸳鸯蝴蝶派”女作家，是写作“坏小说”的坏人，遭到殴打侮辱。后来，学校里又揪斗她，说她一直不结婚，是生活作风有问题，要给她剃“阴阳头”。纯洁如白莲的感情受到扭曲玷污，她崩溃了。在“落花犹似坠楼人”的年代里，她只好以死抗争。一九六八年五月九日，是这位才貌双全的女子的生日。这是一个喜庆的日子。她却用自己的双手结束了自己的生命。她的一位最亲密的女友林丽珍与她一起悬梁自尽。让人想起她在《鬼月》里，让伤心妇把个窝囊汉先推到水里再跳河，完全操纵这一出双双自杀的悲剧。

一九九七年，上海古籍出版社出版过一套“虹影丛书”，讲述民国女作家小说经典，收了施济美的小说集《凤仪园》；

二〇〇七年，人民文学出版社出版“东吴派女作家群”小说合集《小姐集》，新书旧文，她的名字逐渐为人所知。

在藏书家瞿永发那里，收藏有民国版的《春秋》《万象》《紫罗兰》。翻阅那些发黄的老杂志，不时可见张爱玲、施济美等人的名字，同时带着我们细细回味这名篇的一处处幽微妙致。

施济美有许多笔名：梅子、方洋、梅寄诗、薛采蘩等，在她的一干笔名中，我最爱的是“梅寄诗”。以梅寄诗，寄托了作家的人格与情操。《太太集》中，选有施济美的小相。她眼神安静、柔和，清新古典的闺阁文化意蕴，带着阅尽人世沧桑之后的纯然和志趣。和施济英、俞昭明等人的合影，也颇有情趣。只是她的离世，让人想到乌丝朱唇的年纪真能这般透彻和决绝吗？

关注这些大家闺秀、岸芷汀兰，也许是和自己的家族身世有关。我的父亲原也出身于四代人居于一处的大家族。父亲从小追随叱咤风云的伯父，度过了行事洒脱的青年时代，他讲述的民国旧事，时时引起我的关注。我的姑母在彼时的闺秀影痕，也常常会引起我的遐想。于是每每亲闻这些闺秀身世，所思所感竟不可避免地要溢出许多。

编完《施济美传》，我也被拖回到当年的凤仪园、东吴大学、乐山去，民国往事仿佛如在目前。

只言片语很难概括她的人生。现如今和他人说起施济美，就像说起二十世纪的黑白故事一样。不过毫无疑问的是，在简略回顾了施济美的人生履历之后，我可以说，她是真正活过的人。

# 雪梅清阁

厦门路上，藏书家瞿永发老师兴致勃勃地领我参观他的藏书。蓦然偶遇赵清阁的小说《杜丽娘》，民国版本，画面古朴、典雅，像是女作家的旧时拓影，赶紧用手机拍了下来。这本小书，像是一个引子，淡淡地吸引着我，在群星灿烂的现代文学史上，文化的暗香微然浮动，有一位女作家始终震撼着我的灵府，她就是出生在信阳城内的赵清阁女士。

余生也晚，没有见过赵清阁。虽然她才逝去十余年时间，也总能见到上海学者潘颂德、陈思和等人回忆她的文章。名家笔下的她，是那么清雅、那么可亲，有着梦落潇湘的文人气。陈思和老师在鱼焦了斋书房里，读完学生傅光明的作品《书信世界里的赵清阁与老舍》，不禁感叹说，他“见证一个美丽而凄凉的灵魂”。

赵清阁无疑是美丽而有才的。这位生于河南信阳的才女，眉宇清朗，性情豪爽，曾经就读于“上海美专”，算起来还是刘海粟的学生。她会作词，会绘画，会编剧。就拿她曾主编的一本小说集来说，将风流云散在各地的十二位女作家集于一书，颇为不易。她热情相邀远在日本的冰心，英国的陆晶清，美国的王莹，激励萎靡不振的陆小曼，力荐冯沅君、苏雪林、袁昌英、陆晶清等文坛中坚，提携后起之秀凤子、罗洪，念念不忘谢冰莹、沉樱等同辈作家，于是我们看到了包括赵清阁本人的《落叶无限愁》在内的这部女作家作品集，初版时题为《无题集》；再版时，用了陆小曼的一篇小说《皇家饭店》为名。可以说，是篇篇感悟识万象，字字珠玑会知音。让人特别羡慕她管领过那一片风清月白的女作家水色。从女作家们的视角来看，也该庆幸自己能够消受才女清阁这份淡雅而诚挚的友情。

曾编辑过学者陈学勇先生的《民国才女风景》一书，书内收有赵清阁两篇文章，我的一位同事读后，高兴地大声和我寒暄，特别想谈一谈这位高标动人的女作家。他住在吴兴路，和赵清阁恰是邻居，宛然以她为荣、以她为念。可见，清流笛韵，翠阁花香，平凡之人也会忆念其余韵。上海的吴兴路不长，短得像一个句子。炎炎夏日去那里吃一碗面，总想着赵清阁是否曾从这里走过，也会禁不住停下脚步，脑海里浮现出赵清阁那清雅的面容。

最初知晓清才绮貌的赵清阁，是因为沈扬老师。他在《解放日报》编辑“朝花”副刊多年，自然与赵清阁先生有书信雅缘。退休之后，于书斋里“朝花夕拾”般忆旧，述及这位才女作家，其中《雪梅清阁》一文记有饶有情味的细节，让人难忘：“这位才女作家曾经在落雪天采雪存储，然后拣个晴日用雪水煮茶，于窗前品茗细描自己所喜欢的梅雪图；她写怀念好友陆小曼的文章，特地从衣箱里翻出当年小曼送给她的毛线白背心，穿在身上……”沈扬老师能有机缘近距离地与女作家接近，感受她的哀乐让人羡慕，这是一份珍贵的情缘，也是一份难忘的记忆，所以他一写再写三写，窖藏在心的一段文缘，全都化为汩汩流淌的文字。

赵清阁还有一件清雅的往事，也是让他值得忆念的：“晚年清阁难提画笔，但仍然珍惜旧爱，有几个年头，她选出往年旧作，托人在香港精制成贺年卡，赠送友人。笔者有幸于一九九三年岁末获得赵氏贺卡，上面印着国画《泛雪访梅图》——雪湖扁舟迎远岸红梅，轻抹细描，诗意盎然，极具文人画特点，内页还用娟美遒劲的钢笔字题诗一首。这帧贺卡我至今珍存。”好一幅《泛雪访梅图》，果然疏影横斜，一派清幽。虽是纸上烟云，却有云蒸霞蔚的变化，女作家当真是天真无限、雅兴无限，真切地能够感受到赵清阁晚年那种“游于艺”的况味，很值得营营役役的现代人细思细嚼。

无独有偶，一九九三年十二月，学者韩秀在圣诞节前也收到清阁姨寄来的贺年卡，让她高兴的是，上面有她画的一幅画《泛雪访梅图》。于是，她在二〇一〇年一月八日的谨识里写道：“1993 年，清阁姨 80 岁。她是高兴的，寄了这张贺年卡来。贺卡上面的‘泛雪访梅图’是清阁姨 1966 年的作品。……”泛雪访梅，这是有守旧情怀的人都深怀的情趣，也是有了世事沧桑之人，才会熟悉的情趣。

韩秀是一位能讲一口京腔的美国女作家，中文名为赵韫慧。一九四八年九月，韩秀在两岁大时，从美国坐船到中国，在上海接船的是她的外婆谢慧中和外婆的远房侄女赵清阁。她从此认识了赵清阁。

赵清阁与那并不遥远的“太平湖畔的孤影”，始终是世人所牵念的。可在老舍和赵清阁的感情纠葛里，韩秀“必然地站在清阁姨一边”。虽然两人之间是此恨沧海事，绵绵无绝期。韩秀与她的交会、结缘，让世人有幸看到一些生命的真相，一些人性的伟大与爱情的高贵持久。

韩秀曾与学者傅光明有着多年的书信往来，经过收信人的精心编辑与整理，成就了书信世界里的赵清阁，让我们一窥其中的面目。

赵清阁寄韩秀有书信十几通，临书神驰，不尽欲言，谈《红楼》，谈改编的剧本，谈《皇家饭店》的重版。女作家自言“坎坷苦难一生”，但她又是坚强的，近八十岁，还开始练毛笔字和作画。赵清阁晚年，独自一人，沉浸于一信一世界的别怀独抱之中，写下一篇又一篇蕴含着文人温厚特质的文章。赵清阁终身未婚，与老舍的那段凄美情缘，引人为之牵念。又细读了她的《落叶无限愁》，才有了一点点理解赵清阁的性格——面对现实，清阁是清醒的；面对感情，她又是惆怅的；她只将此放在心灵的最高位置，须臾也不向世俗妥协；或许女作家就是这样独自美丽独自忧。她善于化委屈为淡定，化块垒为清流。这样一种人生态度绝非普通女性所能为。最令人感动的是，赵清阁知晓老舍去世的消息后，从此晨昏一炷香纪念着他，且就此遥祭三十年。

文学最重要的素质是悲悯。傅光明研究老舍多年，他表示：“太值得写一写老舍与清阁先生了……但愿能写出这真情的美好与凄婉。”于是，书信世界里的赵清阁，一代奇女子的面目逐渐清晰起来。得悉更多她的凄然而感人身世，才深切理解一个美丽的灵魂在浇薄世代中如何凄婉，体味她乱世中的笔墨沉香。

梧桐细雨清风去，关注女作家命运的代有传人。洪深女公子洪钤曾写有文章，为之忆念。香港女作家小思也爱赵清阁，她到上海探访施蛰存，在梅龙镇宴客席上见到了“一头短发，穿浅灰色布外衣”的赵清阁。在小思看来，她“清朗眼神，轻盈谈吐，与当时许多人还未敢畅言的态度，很不一样”。小思原有“素叶精神”的文学品位，在她的笔下，赵清阁是诗魂冷月的形象：“她指点着梅龙镇的某个角落，款款深谈（二十世纪）三四十年代的剧坛故事。曹禺、老舍、白杨等身影，从她的神态中，朦胧展现，在昏暗的老饭馆里，我仿佛走进了另一个光影世界。”丙申年（2016）初秋，清冷雨日，读小思的暖心文章令人气静神凝。她短小的篇幅、清澈的观点，用女性的敏感洞悉赵清阁的内心世界。

不知何时，开始喜欢从古韵墨香里寻觅民国女作家的韵致。方令孺、冯沅君、苏雪林、袁昌英、谢冰莹、沉樱……这些民国女作家身上的况味，让人惦念不忘。她们古韵里有着“墨色疏朗”，有一种穿梭古今诗文的一派儒雅气质，很让人重温一个时代的别致、精雅、玲珑。

这样的雅致值得回味，这样的情趣倍觉新奇。经了若干春秋的磨合，不免会刻意追念一些旧人旧事旧情绪。再看赵清阁那幅《泛雪访梅图》，决然不是简单的文人酬酢，而有墨渍香韵淡淡地留存，是一卷珍贵的人间情谊。

# 风华厉国香

上海的新闸路上有一处文艺青年的“朝圣之地”，一条名叫沁园村的上海老式里弄，阮玲玉曾经居住其中。丙申（2016）夏日，原是去阮玲玉故居，却看到了厉国香的点滴介绍。小区的勒石上，还刻有厉国香的一幅兰花小品图，雅致清幽，极具挺拔秀丽之姿。从此，厉国香之风华便上了心头。

上海《海派文化报》资深编辑赵宏先生与厉国香有一段艺缘。他年轻时，秉持有守旧一派的情怀，为了弘扬重阳敬老文化，组织有五届“海上墨苑九老重阳会”。作为组织者、亲历者，赵宏对这五届重阳会情切依依。听完他的介绍，让人深切感知当时“海上九老”那种“才闻桂蕊满庭香，又插茱萸喜若狂”之情。人间毕竟重晚晴，每岁重阳，相约墨苑九老聚首话当年，展示传统文化的深厚内涵，可谓是一件美事。其中，民国闺秀画家厉国香就是“海上九老”之一。

看到几枚“海上九老”重阳会的遗珍，几枚雅致的邮折、纪念封等，上面有厉国香与其他八老合绘的画作。九老曾以北京秋菊、上海玉兰、绍兴幽兰、洛阳牡丹、南京香梅、西安石榴、杭州丹桂、香港紫荆、台北杜鹃等中国名城市花为题，联名作画，共绘长卷。丹青遗痕，弥足珍贵。我仔细地询问了一下，才知在乙亥年（1995）合作的一幅《九老庆重阳图》中，厉国香画的是“雁来红”；戊寅年（1998）合作的《秋光胜如春光》中，厉国香画的是“红梅”。其实，她本人不就像一株虽老去却风华犹在的红梅吗?

赵宏对沪上艺坛如数家珍。他曾经去厉国香处约过稿。说厉国香曾经住在新闸路，后来迁至闸北区洛川东路、闸北公园一带。厉国香与先生——原闸北区政协副主席王治平两人住在那儿。他去过那里，居室少有收拾，画作与画室皆然，却能见出两人勤于书画、执于治学的精神。

他给我欣赏了他收藏的一幅厉国香的行书，并说“书如其人”。细细看去，果然如此，好一幅工整清秀的正楷，中规中矩。上书:“丁丑牛年多吉庆，神州处处佳音传。百年耻辱一朝雪，港岛回归四海欢。政通人和开世纪，鼎新革故谱先篇。奇花香卉倾城艳，珍果甘桔满街沿。今岁重阳秋志畅，申江尊老颂人寰。”当年重阳“海上九老”聚会之期，也是一九九七年香港回归之时。落款为厉国香与夫君王治平两人的名字。可知是，王治平作诗，厉国香书写。读完这一页书法，我十分怀念厉国香的品位，也不禁遥想她曾是如何一位女子。

原想着旧派才女，当然是供养一身旧派风华。可在赵宏眼中，晚年的厉国香是一位非常朴实、不善修饰的人，看上去像家居妇女。但就如董桥所说，以前培养出来的闺秀，从头到脚泛起一层典丽的民国气韵……她们的韵味早就化成古玉的沁色，任凭头发剪成清汤挂面，任凭旗袍换了灰暗服装，多少年的折腾都折腾不掉她们骨子里幽深的气度，每一次暴风雨过后，带着受伤的灵魂她们依然款款走出月亮门，铁了柔弱的心养住绝代风华。

出生于一九一四年的厉国香，名瑞兰，字墨华。国香是她的号。她是浙江籍的女画家，在古林镇厉江岸村出生。这里多出读书人。幼年受过私塾教育，又曾在县立女中读过书，可谓天资聪颖。在女中时，她开始自习书画，先后师从过许多名家，历历数来，有张大千、赵叔孺、顾坤伯、李健、李肖白、唐云、陈秋草等人。可以说，学问、书法、绘画无一不通。说起厉国香，便也能说起一代风华人、风华事。

探寻旧派才女的逸闻成为雅好，一直想看厉国香在民国岁月的花痕叶影。网上有一册她的《沪江雅集》，从中可欣赏她的画。画荷清新可人；画竹郁郁般若；泼墨、泼彩，推陈出新，颇具“张大千风韵”。青绿山水的斗方，不是幽深清冷一路。仿若时光倒流，回到民国的青山绿水之间。又有缘读到《厉国香书画集》，书画集中收有不少她的资料，几乎是她的人生画传。她的画室名“石竹斋”。她与王治平二人，于其中画兰、画梅、画山水。她画，他题诗，风雨芸窗，相互切磋，不亦乐乎，成为落寞晚年的生动一景。

在《张大千同门录》中，张大千门下女弟子何其多哉：广东的王智、潘愿；北京的王钟奇、朱霞、俞致贞；浙江的王学敏、李藻、童月莲、叶名珮；四川的宋继美；江苏的侯碧漪、吴浣蕙、林今雪、潘渭；上海的郁慕贞、郁慕洁、郁慕娟、郁慕云、郁慕莲；安徽的章述亭；四川的张藻、张湘、张正雍。个个都钟灵毓秀、聪慧多姿。而厉国香能脱颖而出，也是有原因的。

比如，宁波的雅艺书画研究会，发起人就是厉国香。作为宁波籍的女画家，她对宁波艺界当有不可推让之功。

又如，她一九四〇年参加何香凝、李秋君主持的"中国女子书画会"。此时，中国女子书画会虽然已经易主，但是厉国香却仍然活跃其间，为后期的事务性工作出一份力。可见，她女子不让须眉的洒脱。

这样一位女画家，原本该是可人清秀一格，可在一种浮躁的时代之风里，竟逐渐被人淡忘。有人在网上为厉国香抱不平，认为她的画价如此之低，与画家本人的身份不符。江南遗梦似风烟，世上的事就是这么混沌不明，但厉国香与王治平夫妇二人，晚年志向高洁，于"石竹斋"内，悦书画，乐琴书，足以消解世忧。

女画家的才华是不容忽视的重要部分，而书法，可让闺秀女子更为静雅嫣然、沉静内敛。网上流传一篇文章，历数民国才女冯文凤、林徽因、陈小翠、庄闲、吕碧城、张默君、谈月色、游寿、厉国香、萧娴的书法，篇篇有寒梅之香，字字若璎珞敲冰。十大民国才女书法，各有各自的韵味，也各自盛开出自己的特色。介绍厉国香的小传上说，她擅长楷、行、隶、篆四体。所见到的多是她的楷书。厉国香的小楷隽秀清幽。她的中楷，温文端正。网上展示的是她录鲁迅的《无题诗》:“万字墨面没蒿莱，敢有歌吟动地哀。心事浩茫连广宇，于无声处听惊雷。”娴静少言的女画家，其含蓄沉凝竟是这样出人意料。这雅洁温润的书法、这雄浑深远的意蕴，据此，也能见出她的几分性情。在厉国香的规矩楷书中，有一种女子的韧性，有一份民国的坚守，一份矜持。

赵宏将他珍藏的厉国香为聂荣臻写的一本书法帖送我，让人有缘消受这份意外的惊喜。这是厉国香用楷体书写的具名碑书法，共一千一百五十二字，它概括记述并高度评价了聂帅光辉的一生。时光流逝飞速，这幅书法据今也有二十余年的时光了。那时的片言只纸，如今都可以当作凤毛一样珍稀起来。那个时代的闺秀画家，在艺术之外，她们的精神气质、她们的人文素养，以及渗入她们骨髓的温婉因子，也可以当作凤毛一样珍稀起来。

# 海派启蒙程乃珊

初秋清晨的南京西路灰白、淡然。走过花园公寓，墙壁嵌着一副铜牌，上面写着一段话：

花园公寓建造于1926年，是英资惠罗（WHITE WAY）公司的物业。惠罗公司是上海最老牌的英国百货公司，因为上海的城市发展是由东往西延伸的，当大马路（今南京东路）因先施公司、永安公司矗立而日渐繁华喧嚣，已发展为成熟的商业大街之时，南京路的西段静安寺路（今南京西路）仍是一派幽静雅然，是沪上豪宅大公馆集中之处。惠罗公司不失时机，毗邻1918年建造的荣家大宅，造了花园公寓。花园公寓共有四排连体公寓，楼与楼的间隔都有一个阔落的绿化，此外还划出人行道和汽车道，这得拜谢当时地价尚未暴升，才有了这样奢华的空间设计。

这段话引自作家程乃珊散文《南京西路花园公寓——我的海派文化的启蒙课本》一文。其中，剧作家曹禺，诗人王辛笛，中国芭蕾舞先驱胡蓉蓉，名医吴旭丹、黄中，天鹅阁咖啡馆老板曹国荣等，都是花园公寓的居民。

程乃珊老师给我的那种感觉、那种情调，正如牛奶中加一匙咖啡后以淡咖色为基调的老照片似的风格。简单、安详、静谧、典雅，同时快乐。

记下这雪泥鸿爪，是为了重温那时的心情，也想亲切地记下与程乃珊老师交往的过程。

上海女作家有很多，可对程乃珊老师的情结最深，这一情结是少女时代就播种下来的。最早知晓程乃珊，是因一篇《女儿经》的小说。

《女儿经》是程乃珊在二十世纪八十年代发表于《上海文学》上的中篇小说，后被拍成同名电影。我当时可能是从《中篇小说选刊》中读到的。高中时代的暑期，捧着那篇小说阅读，一遍读完了并不过瘾，又读了一遍，对小说的内容念念不忘——

沈家姆妈差两年就六十了，然而风姿犹存，让人一眼就看出年轻时准是出过风头的漂亮女人。她一头浓密的头发染烫得乌黑油亮，微微有点发福的身材使她显得很富态，白净生嫩的皮肤毫无老斑、色素之类的痕迹，以至人们都认为她顶多不出五十。她身穿家常的咖啡色滚本色边的小腰窄袖的中式衬绒袄，围着一条茶巾改制的颜色鲜亮的饭单，整个人显得干净利落，精明能干。

小说写的是上海的市井民情，充满了世俗的气息，有精明清高的妈妈，有急于摆脱现状的女儿；有富家人的小姐，有自觉努力成才的青年；有经历了辉煌又跌落谷底的人，有趁着时机想要翻身的人；还有逃了一辈子，却躲不开命运安排的人。

《女儿经》中的那些小欢喜、小忧伤、小纠结，深深摄住一位少女的心神，给我的印象，越发地深刻起来，仿佛是吟着这样的段落走进上海。少女时代阅读的小说，记忆那般清晰，真是难以磨灭。看完，那魂灵儿便也随之而去。回想起来，那时的阅读无功利，是浸润似的阅读。那时的阅读岁月如此丰盈而富足，拥有静水流深的世界和内心丰盈的自己。

一篇小说读完了，程乃珊的名字便烙在心上，难以磨灭。后来的《穷街》《蓝屋》，也都看过，对上海的印象，就慢慢如水一般弥漫开来。再后来，见到她的书，都会一一找来翻过，慢慢体会领略。

与上海朋友交谈，也有喜欢程乃珊身上那股浓浓的上海气息的。后来才知，她的成名作是《蓝屋》，而且与蓝屋的原型绿房子有一段不解之缘，这才慢慢留心她笔下的海派文化写作。她还专有一篇散文，介绍这座现代感超前的经典名宅。每次从陕西北路那栋绿房子前经过，便又多了一层深刻的体悟。

因工作关系，在开会等场所也会见到程老师的身影。有时在中福会少年宫，她正好从电梯处下来，我知晓她是给那些孩子去讲课的，远远望着她的背影，心中不免自会有一股敬意。注定要与程乃珊老师有缘。有次，为了约稿事宜，我打电话给程老师。电话的那头，传来她热情清脆的声音。起先以为是要参加座谈会，她婉转拒绝了，说不喜欢参加这些会议。后来得知是书稿出版事宜，便主动提出约个地方喝咖啡，先见面再详谈。

那天下午，我与北京学者倪培耕老师见到了程乃珊老师。程老师白净圆润，梳着整齐的童花头，穿着一件酒红色的上衣，显得精致文雅，不失大家闺秀的修养风范。她为人热情爽直，见了面便侃侃而谈。毕竟是沪上才女，话题如水银泻地。

约会地点是在愚园路上，这一带，她是非常熟悉的。愚园路之于程乃珊，有着难以割舍的情缘。在这条存在了将近一个世纪的上海老路上曾聚居着无数海派名流，作家程乃珊也是其中一位，她在那儿一住便是三十多年。我们喝咖啡的地点，就选在刘长胜的故居，在愚园路靠近常德路上，离张爱玲故居也很近。程乃珊亲切地喊我的名字，又与倪培耕老师絮絮而谈。程老师介绍说，她为了写闺秀，曾采访了相关的不少人，结果一发不可收拾，竟写出了一系列的散文。可是，小说始终是她钟情的体裁，她说自己耽搁闺秀题材已经太久了，有朝一日，她还是要回头写小说。因为当时采访一些闺秀，她们传奇的经历，把她吸引住了，写作的思路也就此引开来。谈话其间，她不时点评一些当代作家，极为中肯，但却叮嘱不要外传，也可见她爽直宽容的性情。室内陈旧厚重的气息，淡淡的咖啡香，时而穿梭来去的咖啡销售员，使得这次谈话很有意味。秋凉时节，与闺秀派作家聊天，是人生难得的珍缘。可惜的是，当时忘却与程乃珊合影一份以珍存。

年轻的时候很喜欢读小说，大概因为阅历尚浅，要在作家的故事里体味未曾经历的人生。年纪渐长，对于灵魂和成长的过程越来越关注，故而对人文领域的书籍较年轻时亲近了许多，那时对程老师的作品就关注得渐少了。但是有次在书店，甫遇到程乃珊老师的“闺秀”系列，竟又是一喜。她笔下的海派闺秀，均如一缕茶香，一浮一沉，一浓一淡，有不可言语的韵味。在她抑扬顿挫地叙述中，一幅绮丽的海上旧梦画卷铺展开来……

沈扬老师仿佛知晓我对程乃珊文的喜欢，特地发来一篇微信，名《沪上弄堂咏叹调》，是程乃珊写的弄堂，文字文采飞扬，配上李守白的画，相得益彰。真是光影上海、工笔乡愁。忍不住，将那文字抄了两段，粘贴在评论一栏里，作为心绪的点缀：

上海老弄堂的名字，就像一幅水墨画上加上一个小小的点染，毫无凿痕，一个个都衬得起上海的百年传奇和风云沧桑。

还有那等清雅的如“涌泉坊”“绿阳新村”“沁园村”“古柏别墅”“集雅公寓”等这样的名字，令人联想到那种封面为很有平绒质感的、呈现各种幽深雅浅的一抹蓝的毛边线装书。

因工作地点在威海路，离程乃珊笔下的绿屋、花园公寓，真是近在咫尺。每每从这些海派文化的景致之处走过，心里总会涌起别样的风情。“可以说，我生命中三分之二的时光，都是在那里度过的。”提起南京西路，程乃珊曾滔滔不绝。是啊，毕竟，这里布满她的人生足迹，她实在太熟悉这条路了，从历史演变到街景面貌的一切细枝末节，她都了如指掌，毫无遗漏。她对这里的记忆，饱含着人生的品位与做人的趣味。现在，随着程乃珊逝去了，是否也意味着一种精致生活态度的逝去?

从个人交往录去了解上海女作家，注定是片面的，有失偏颇的。但是这种交往的记忆却是印象深刻的。相比张爱玲，程乃珊是入世的，她们是两种女性作家的典范，她们虽无实质交集，却隐然形成微妙的对照关系：从文学渊源来看，程乃珊属温婉娟秀一脉，而张爱玲则另辟蹊径，但又都关注日常琐事与婚恋题材，如果说，张爱玲用沉香屑熏出冷暖人间，程乃珊则是用女儿心意描摹公寓百态。时而翻阅手头程乃珊的画册，想起一代女作家的早逝，成为世人追念的淡薄稀影，仿佛是将她长长短短的散文归拢了一下，引发日后阅读的兴味。

# 海上顾绣

去上海博物馆看顾绣展。顾绣的全名为“露香园顾绣”，有关它的介绍简洁明了：

顾绣源起于明代上海人顾名世之家。名世为嘉靖三十八年（1559）进士，官至尚宝司丞。晚年曾筑露香园于县城西北隅，擅一邑之胜。顾氏后人精于刺绣，因而世称顾绣，每冠以露香园之名。

短短几句，将顾绣的来龙去脉交代得清清楚楚。顾绣的一幅绣品往往要耗时数月才能完成，立意高雅，师法自然。

顾绣多临摹名家书画，有“画绣”之名，原来，这是透着灵性的文人绣呢，得知这一点后，很让我内心生出无限欢喜。无疑，我是喜欢那些蕴含情思的古人画作的，家里就收藏着好几幅呢。而且，这一阵子，因总看些文人雅集——像小心翼翼地沉静自省，所以，顾绣所透露出的文人气，于我，就是熟稔、不隔，再看那些绣品，感觉似乎就很贴。比如，看那树桃，不由得就会停了下来，脑子里涌出的是“灼灼一枝桃，粉艳天然好”，宋人朱敦儒之词句，近日读他，觉其仙气，这是他与苏轼、辛弃疾的不同处。顾绣珍品，也有仙气，那些出自女子之手的绣作，灵动，传神，不落世俗之迹。还有，那幅《牡丹》绣品，叶子舒展得那么开，叶脉那么细致，很有恽寿平笔下牡丹的清气和雅韵，与我的观画所得，像是一种重叠。再看绣品中的那些人，比例并不搭配得那么好，却全都是由景衬着。想起早上路过，美术馆外围墙上，张贴有一些油画肖像，全是头部特写，画面写实而凝重，和东方的这种运用水墨来淡淡地表现人物的神韵，很是不同。其实，在东方的绘画意境里，人与景的比例可能并不适宜，但是，却显得和谐，人与自然之间，有着一种和谐的张力。

顾绣，是文人绣。里面的墨梅，绣得也好。其实，像梅花这种花，如果要绣的话，不妨有条不紊地用散套针来绣朵朵梅花。散套针的绣法，其实很简单，需边上起针，分批进针，针间留空，以备下批落针，以此，就有了一点重重叠叠的效果，花，就会有层次，不会显得呆板。但是，要疏密得当、安插得宜，就得靠自己的体会了。当然江南刺绣，不只是顾绣，还有苏绣。想起，苏州女作家赵践老师曾送我一本《沈寿传》，里面记载的苏绣技艺，也很精美。顾绣与苏绣，像将两股不同的丝线捻在一起，有着重重叠叠的层次美。

顾绣里面的石榴花也多，和荷塘、鸳鸯、杨柳，疏疏淡淡搭配在一起，用套针绣了，再用其他针法来绣那鸳鸯的羽毛、柳树的垂条，以及粉色的荷花、柔柔的水波、细细的草叶。我只有简单十字绣的基础，只认得套针、滚针等一些简单针法，其他那些针法，我并不识得，但却觉亲近，觉得和近日读帖有关——女子刺绣，颇有些中国书法的味道在内，显得飘逸、灵气。

石榴是吉祥植物，顾绣题材中，也多是些祥花瑞草，比如红梅、水仙、灵芝、海棠……水灵灵地挤在一处，祥瑞之气，葱茏扑面而来，读了，让人觉得满口吟香。看顾绣的这些花卉册页，会让我不由自主地想起一些美好词语：江南、杏花、陂塘、吴歌、青溪、飞燕、芍药……皆是可以婉约入词的。这些闺阁绣作，初看起来，较为零落，不成片段，但拈合一处，却又是一首唐人绝句、宋人小令。近来读诗、读词，觉得江南风韵恰好，颇为深入骨髓。顾绣女红所展示的，正含一派江南风情、一派江南的雅意。

刺绣作品中，我了解的，还有湘绣、粤绣、苏绣等，从字面来看，湘绣和粤绣，都是以地名胜，而顾绣，却是因一个家族而盛名。这就了不起，雪意孤洁。看介绍说，顾绣传人中，有一女子顾兰玉，为清初才女，她是顾名世的曾孙女，早年丧夫，守节抚孤之余，因家境贫寒，就绣花、绣草、绣虫、绣鱼，贴补家用，后来，有了点名气，还招收徒弟，终成“顾氏女红”一名。想起早上，小区里，枝头玉兰，已经含苞了，浅粉绿色，小拳头一样握着，紧实、含蓄，像甜睡的婴儿，又像梦境，玉兰是春天的花，但却有着寒冷的天性。顾兰玉也就像一枝玉兰花，清寒雅艳。

顾名世孙媳系韩希孟，也是顾绣中名手，深通六法，尽得名家笔意，作品世称“韩媛绣”。她有一图册，为绫地彩绣花卉鱼虫册页四开，第一开《湖石花蝶》，第二开《络纬鸣秋》，第三开《游鱼》，第四开《藻虾》。上面均有“韩氏女红”的印记。她在四开绣幅中，灵活多变地运用了掺针、套针、齐针、滚针等针法，以形象写实的手法表现了“书绣”的神韵，那些花卉草虫“生气回动，五彩烂发”，真让人领略不尽。

了解顾绣女红的一点史实后，回头再看，莫名觉得，那些针法，真孤寂。那些花儿、草儿，其实都是顾氏女子，在凄清岁月里的情绪描摹，每一针，都显得孤寂、凄清、密实。不知为什么，我仿佛能感觉到绣者手心里沁出的汗意，以及悠长岁月里的那点点滴滴的情意。那绣线，真长，前一针密实地压住后一针，针针都压得好，像词令中的韵脚。一位清初女子，那么寂寞地度过自己的年华，然后，通过时间的沉淀，来把自己的生命体系给放大——这需要勇气。那些绣品，宛若有神性，在五彩绣线不断扩大的路径中，我静思地看，就像念佛。时间如粒粒浑圆的念珠，在手指间滑过。想要完成一件上好绣品，也该有这样一种对佛虔诚的信仰吧。

以顾绣的一幅杏花村图来说，里面所配的颜色就有——朱红、绛黄、橙黄、淡黄、深棕、青蓝、翠绿、墨黑、粉白……像把水绘的时间给汇集在一处了；再比如说，绣品中所用之红，在大红之外，还有莲红、桃红、银红、水红……

清初的这些绣品，衬在乳白色的绣布上，有明明灭灭之感。幽暗的针法，一圈一圈，水波涟漪一样沉思优美，也与自己耽于幽寂的性情相吻合。女子的柔荑之手，在这些古典什物中流转。那些绣品，散发着一股静气，生命的姿态，像是有爽风吹动，薄绿的流水，一直流着，让人觉得有一种舒性的张力。我知道，刺绣情结一直在，我留恋这种感觉。结婚时，母亲送我的锦缎被面，大红、桃红、翠绿、明黄，上面全是些花鸟吉物，用手抚摸上去，有种幸福的感觉，也有种忧伤的感觉——轻盈的青春，绵厚的幸福，仿佛喜鹊登枝一般，只停留在这些刺绣锦缎上，再也回不来了。

看得久了，感觉就像青痂一样瘀在一处，再渐渐地走出，真有点“不觉东方之既白”的感觉。忽然觉得，东方既白一词，大有意味，正如顾绣，是东方女性在女红方面的神来之笔，尤其“既白”两字，似含有刺绣技艺的想象力在内，那些针法，正宛若飞天飘来的衣袖，灵动、传神，区别于世俗的日常生活，有着人文的诗意与深度。

# 海上故事

每次从家乡返沪，均是在夜里。夜里十点左右，随车渐近中远两湾城处，厚重的夜色，渐次变得明亮而轻盈，华丽繁衍的灯光，将不断波折而至的楼体，修饰得透明晶莹、流光溢彩，渐入申城深邃之佳境。

夜上海，是喧嚣白日婉转的留白，色彩的反光不但没有使城市偏色，反而将上海之美简单地提炼出来。

来上海十五年，其间的高楼，细胞分裂那样快速地扩张着，穿梭的地铁已编织成一张网，而在异乡的生活却以本色形态，缓慢平行位移着——仿佛是用一种简洁的手法，书写一段繁复的情绪。

美丽上海之于我，是有些个人的体验在内的。但，我在上海的求学打工经历，简单潦草，似不可敷衍成文，大多是在书时光里，体会上海的琐碎与市井、繁华与传奇。一个只会说普通话的人，在异乡是不会搭配出特别出彩的效果的。倒是父亲在上海的若干传奇片段，有经年历久氧化而成的清晰色彩——

父亲的大伯，我的伯祖父鲍刚曾与冯玉祥、方振武等抗日名将共事，任过旅长、师长、军长等若干高级职务——在安徽地方志、军事人物一栏上，我曾看到过伯祖父的一段辉煌简历。父亲从小时至青年，先随大伯，因大伯反蒋被暗杀后，他就随大妈，一直在外漂泊。二十世纪四十年代时，曾在上海居住并工作过一段时期。那是他年轻时的一段美丽时光。上海对他而言，确实是有些彩色琉璃的感觉。当时，他和大妈、堂哥，住在淮海路上的一栋老洋房里。记忆里，父亲有一帧年轻时的相片，坐在一座假山上，西装革履，风度翩翩，年轻时，他是一个时尚的青年——

小时候，听父亲讲这些陈年往事，有些好奇，又一笑了之的——毕竟离我太远，毫不相干的。

一九四九年前，大妈带着儿子，要去台湾，让父亲一起走。父亲是同意了，并准备好了行李，但临行前，他想到远在家乡的父母，心知这一去就难再回乡的，踌躇犹豫之际，将已扔上船的行李拿了回来，并目送载着大妈的船只远行异乡。

但对家族史，我向来是漠不关心的。我没有兴趣，我来上海，是因自己不愿在家乡，在一所毫无希望的学校消磨人生。这与父亲年轻时的语境无关，只是不安分守己的心理作祟。但，父亲是鼓励我考研的，特别听我说要报考复旦时，父亲被激活了心情，显得很高兴，说等我考上，一定要陪我来上海。可以看出，那些昔日美丽影像，还长久地镶嵌在他的心里。只是这个愿望，因他猝然离世而无法实现。

来上海十几年了，我对父亲的经历漫不经心，整天穿梭于密集的人流中，只以微型的情绪想着自己的工作、生活、阅读、写作。直到二〇一〇年，有一段闲暇时光，才静下心来，有空琢磨亲人的事。想起来，问母亲，父亲是在上海的哪儿工作呢?

母亲说:“就是在外滩。”

“那做什么呢?”

“管进出签证之类的吧。”

“淮海路上的房子呢?”

“你姑姑好像后来专门来问过，也不知是被收回了，还是拆了?”母亲没随父亲来过上海，似乎也不能说清楚。

我多次走过外滩的那些老房子，花岗岩外立面、希腊式大理石柱、金铜旋转门，但从没想到父亲曾在这里工作过。从黄浦江那辽阔的天际线望过来，这些楼宇的情绪是此起彼伏的。踱步其间，见有一处出入境管理处的高大阴凉的大堂，仿佛有一种老绿，配合着时间底子里的沉郁。穿制服的看门人毕恭毕敬，办公人员进进出出。看着这规整的一幕，内心也只是微思缥缈的一动。并不能探询到什么，我停留了片刻，安静地离开。

父亲也曾徘徊在外滩。夜幕降临，大而白的月亮，在不规则楼群缝隙中升起。因为要离开上海，他与年轻恋人深夜不眠，顺着南京路，漫步至外滩——那时还没有情人墙，只有黄浦江边潮湿的江水和江边的百年海关钟楼，通过一种恒定的力，来凝固一对离别恋人的情绪。

离开上海的父亲，转而任新华社记者，去朝鲜战场采写报道。我不太清楚父亲是如何完成这个华丽转身的。但他的人生，每一个色块都拼接得极其自然。父亲成家晚，我知人事后，他年纪已经很大了。父亲后来，又经历种种波折磨难，却乐天知命，通过比对，我清晰地认识到，这点气质被我无缝继承过来，继续在上海延续着。只是在上海，我没有传奇的故事，只有写实的心境，在较小范围之间切换，体会上海的美丽。

想起来，在上海，喜欢的常是那种旧底色里的事物：豫园、城隍庙、苏州河、西藏路桥、天后宫、福州路、傅雷故居、尚贤坊、文庙、百乐门、愚园、复旦的书屋、无轨电车、翔鹰路上的电影院，以及郑逸梅的史札、《良友》杂志、海派画册、古籍书店……过去永远不可能覆盖现在，我无法还原父亲在上海的经历，但他朴淡的文风、旧时的文人情怀，渐如结晶体，成为一个固态的什物，给予我的影响，在心间缭绕，缤纷不乱。

737路从苏州河桥上驶过，暮色四合的时刻还没有到来，华灯已经亮了起来。四周的楼房，全都浸润在一种透明的底色里，干爽，亮堂——坐在车内，细致分解父亲在上海的经历，并将其中的零星构图做理性的调整，是想借用私人记事，从上海传奇中掘取一片美丽纹理，让人思……

# 格致的女性

脑海里浮现的上海，始终是一幅速写的画面，氤氲着怀旧情绪，纷繁的颜色芜杂，沉郁的深蓝勾兑一抹酡红，既传奇，又世俗，会引起人如丝如缕的回忆；可她又具有一种质地深厚的女性韵致，铿锵女声中，将人的视线引向生活其中的女性。

这座城市有着浓郁的女性色彩。其中的幽曲可以由幽深弄堂里的晚风、郁郁葱葱的夹竹桃、梅雨时节的江南雨、蜿蜒细致的苏州河感觉到。那些在钢筋水泥间昂首而行的女子，那么张扬，那么自信，就像是苏州河岸吹来的风，因风起波澜，难以保持最初的单纯，但却让我看到都市女性风景的风流云转、云卷云舒。

那时年轻，很想去远方看看异乡的风景。

来上海之前，有人警告说：上海灯红酒绿的，再好的女人进到这个大染缸里滚一滚，出来还纯白如莲的毕竟少数。

现在还能清晰地记住他说话的神情。这座城市尽管光怪陆离，却又始终单纯透明，她被一双犀利的异地人眼神所看透。

可是，从春到夏，从秋到冬，贴肌贴肤、耳鬓厮磨地生活过来，却深厚而温润地感受到，这座城市的魅力所在，是她用那种高贵与超越，韧性与执着，引领着你，一点点地，提升着你身为女性的气质。

这该是我生活在这座城市的福分。

上海值得品味的，不只是她那百年的传奇历史，还有那些富于怀旧色彩的女性气息。经过常德路张爱玲故居，想起曾经在那生活过的女作家，她就如一帧黑白小像，镇定自若地立在那儿，轻描淡写，勾描出一幅怀旧小景。她成为这座城市里的传奇，虽然她自己的一生，却陷于冰火两极。那时的上海女性呈现出一种安静的灰蓝色，回想起来，就像老电影里的镜头，隔了很远的时间，却予人心灵的怀想。

传奇的女性就是城市里的精灵，她会带你走向远方。

这座城市里的女性，她们栖身的方式无声无息，是在不同的光线下、不同的水流中，会闪现出不一样的姿态和视觉效果。

温润的女友家常，没有传奇的经历，自有一份魅力，吸引着我与她相知相交。女友在杂志社工作，爱喝茶，每年都会为我送上一盒好茶，还会邀我去泰康路喝茶。喝茶不过是一种形式或介质，目的是为了两个人叙话。

慢慢喝着茶，品味着那份清芬微苦，嘴里闲聊着，心里就安静了下来。两人缓缓看那杯青绿，会将人带到何种人生的境界。我们各说各话，语句零碎，心思却不由自主地游向远方，沉浸在各自的心事中。

路边的香樟树叶在风里翻滚，一地微绿。我们自然而然说到了家庭、说起了工作，还有文学和诗歌。

女友说，我辞职了。

为什么？虽然有些讶异，却又释然。

我想去写诗。

从侧面看过去，她是一脸的沉静，看似柔弱却坚强，即使周围有人借着诗歌来调侃她，也看不出她内心的动容之处。可是我却看出来，躲在那茶杯后面的，深藏着的是一颗不安的灵魂。她的眼神属于深秋的表情，是沉思，是默想，是超越。

她说自己整日规避在小小的格子间，一点想象的情绪也没有。充满特质感的生活已经塞满了她的想象空间，也像是一粒粒盐，点点滴滴地洒落进去，蜇疼了她那异常敏感的想象力伤口。曾经激昂的诗情，像一位高贵的圣洁女神，早已离她远去，让她感到深深的落寞。

家庭，工作，孩子，像一篇篇繁复的长篇小说，留给她的只有短短篇幅，她的浓郁诗情，则被俗世的薄雾所深深笼罩。那些被强调、放大了的生活细节和情绪，如同水草般纠缠不清。她想从繁复的工作的巨大离心力里暂时逃出来，给自己一份空间。她的离去不一定促发诗情的产生，却一定推进思维的清醒，赋予时光更为充实的意蕴。

她说，追念在这座城市的生活，挣扎了这么多年，物质上并不丰厚，自己的居住地在城市的版图上还处于近郊。但是难得在这样纷扰的现实里，尚能与人谈起心爱的文学，还有诗歌，心中会如黄浦江水一样荡漾着激动和不安，激情的血液仍会顺着文学那细弱的根须攀缘而上。

在城市高楼的浓云下面，女友的话清澈得能让人闻到诗的香气。她说起了曾经生活的北方，那儿的草木，那儿的山峦，那儿的河流，那儿的人……她的眼光飘到了远处。又说起了生活着的这座城市，虽然生存压力巨大，房价高标，但因了苏州河穿城而过，就有了不平常的景象。在她简朴平淡的话语之中，让人体味到了一份快乐和自我。也仿佛为这座城市的女性生活开了一扇漏窗，让人一瞥身为女子需格物于此的从容心理——不具备通感才能的人，是甭想紧密领略这些女性风景的。

这座城市的女性，面对时间沉积的忧伤、内心搁浅的隐痛，并不只做悲怆的念想，纠葛于其中的细节，而是干脆地放手，利落地转身，洒脱地离去。生活的时间越长，越能感受其中女性的格致人生——只留一方天光云影，来去皆随意。

这是一个物质化、个人化的“小时代”，在汪洋的城市物欲之中，作为女性诗人的身份，不免有些逼仄与单纯，但她的骨子里，宛如盛开着一朵白色的睡莲，已被浓郁的诗情，浸染成淡淡的蓝色，折射出了女性的情感梦幻，情愫那么别致。

这座城市彻头彻尾是一部彩色片，气韵高华的同时，间或闪烁着浮华、迷离、喧嚣，让人时而感觉有莫名的局促。可这座城市的女性，却有将彩色片置换成黑白片的能力——在城市的灯红酒绿的奋斗之后，重新追求至简至纯，卸去名利的负累，寻求心灵的澄澈与宁静。

# 做个书香女子

在幽静的长乐路上，有一个以书、茶和咖啡为载体的合众艺文空间，每月会定期举办以知识女性为主体的公益性读书会。合众读书会的目的是以读书分享为起点，传播文艺精神，让更多的人爱上阅读。每次活动均让人流连忘返。

周末闲暇无事，去那里参加女作家淳子的读书会。几十位书香女子，带着自己近期阅读淳子作品的感受，也来到现场。淳子以自信、从容的女性态度，谈及民国时期上海那些美丽优雅的女人，名媛盛爱颐、上海作家张爱玲、美女间谍郑苹如、美丽牌香烟代言人蒋梅英、百乐门舞厅红舞女陈曼丽……她如数家珍，一一道来，在场的听众仔细聆听中，品味那些活色生香的女性时，也滋养出更多触碰心灵的美好。桌上，摆放着她新出版的《旗袍》《口红》，也吸引了与会女性读者的目光。摄影师在周围静观拍摄，在他的镜头下，书香女子们的神态各有不同，有的俯首思考，有的点头微笑，她们的聆听，使淳子的分享更为优雅动人。对于她们来说，这是一个脱离了纷扰现实的文艺空间，所获得的精神享受是不言而喻的。读书会结束后，大家自然而然地聚在一起，交流、倾谈，时光在浓浓的书香氛围中悄悄停歇。

虽说新媒体时代，钟情于纸质书的人越来越少，人心也越来越浮躁，埋首于图书的人也难得可见。但是仍会有一群典雅的女子，追寻着如此典雅的篇章、典雅的生活。

在越来越庞大的城市体系中，追求深度阅读与交流的读书会其实还有很多，在物质极大丰富的当今时代，传递着微弱的文艺光芒。

合众读书会的组织者李锦美丽大方，成功地主持了许多场读书会。她希望在快速生活的年代，让大家静下心来，聚集在一起，品一杯茶，一起分享一本书，交流思想，分享美好的事务。我编辑出版的一本谈感情生活的小书，经过她的主持，一场读书会显得特别生动活泼。当时曾经请作者来谈他写作时的感受，并邀请女性嘉宾与他对谈。在读书会上，作者不仅深切地谈了自己的写作体会，还当场放声歌唱，回答读者的提问。作者讲述的一些体会，不是凭空想象的，而是他自己的亲身经历。在书中，他借助动物与情感交融在一起的感性文字，很明显地轻触到女性读者柔软的内心，让这些在都市丛林中坚强成长的女性，能够通过阅读抚慰心灵的孤独。最后，一位美丽温婉的女性读者上台，念出自己看到的有意义的句子或情节，与大家共享。当读书变得像奢侈品一样弥足珍贵时，这样的读书聚会，让人们看到一点文艺的曙光。

李锦创办合众读书会，是一件偶然的事。三年前的一天，她接刚读幼儿园的女儿放学回家途中，不知不觉走进长乐路 746 号的合众楼，这是一幢建于二十世纪三十年代的老宅，也是著名的合众私立图书馆旧址。在一楼的顾廷龙纪念馆里，她第一次认识了这位把一生献给图书的老人……七七事变后，顾廷龙不忍江南文物被日本侵略者肆意掳掠，与文化名人叶景葵、陈陶遗、张元济等在此建立了合众私立图书馆，借以保存因连年战争濒临毁灭的文献典籍，顾廷龙任总干事、董事。一九四九年后他将合众图书馆的近三十万册古籍及近代中外珍贵文献悉数捐献给国家，使之成为上海图书馆馆藏的重要组成部分。自从知道了顾廷龙与合众楼的故事后，李锦常常会在接女儿放学时顺便去纪念馆里坐一下，翻几页书。渐渐地，去顾廷龙纪念馆看书成了她生活的一部分。她还知道钱锺书先生曾在此工作过，胡适先生也曾来过……

李锦是个喜欢交朋友的人，身边有很多好朋友，她们都是各个行业的优秀女性，有美满的家庭和稳定的事业，大家都爱读书，也常常相聚。随着自己对合众楼历史的了解，李锦十分希望身边的好朋友也能了解顾廷龙，也能走进合众，经常在这里一起聊读书、谈人生。于是，二〇一五年的三八妇女节，她在顾廷龙纪念馆内策划了第一场合众女性读书会，主要由华东师大陈子善教授讲解他的新作《沉香谭屑：张爱玲生平和创作考释》。来参加读书会的，大多为知识女性，内心均有一份理想、一份追求，最关键的是大家都热衷于阅读。

爱读书的女人不管走到哪里，都是一道美丽的风景。一位女友，是一位大学教师。自大学毕业后，二十年来，她关注美好的事物，喜欢和有文化的人交流，具体到生活细节，她也会尽力让家中每一件生活用品都是美好的。成家多年，她并没有沉浸于世俗的琐事之中。她依然热爱文艺，不断努力提升自己的智慧与思想。对于阅读，她也始终保持一份初心，每月会赶赴一场读书雅集。她所参加的这个读书会，举办的地点并不确定，经常会选择城市的各个文艺角落。对于年届中年的她而言，这种健康的休闲方式堪称完美，同时也向社会女性传播一些正能量。

做个书香女子，一直是她对自己的期待。多年来，她也一直在寻求志同道合的人，渴望美好的精神生活。在身边人眼里，她是个生活得非常精致和纯粹的女子，同时她又是一个温柔的知性女子，身上的书卷气从未因为家庭和岁月抹去。引用三毛的一句话：读书多了，容颜自然改变，因此，书不是胭脂，却能令女子心颜常驻。

深秋时节的一次读书雅集，整个过程显得含蓄而温暖。这次，她带了自己喜欢的书《蒋勋说红楼梦》与朋友分享。她的一些女性朋友，有的带了杜拉斯的《情人》，有的带了林语堂的《生活的艺术》等。书是一面镜子，从这些书中，可以看出每位女性的关注点和性格差异，书在交际中成为载体，成为人们交流的集结体现。当这些女性精英聚集在一起，讨论文学、艺术、人生、理想等，她们开始有意无意地希望用一种宁静、健康、优雅的生活状态去影响周围，主要是影响更多的女性。

许多时候，对生活说“不”的女子，会实现更大的自我价值。她们从一开始与传统的女性生活方式有所不同，就站在了优雅美好的角度，观望生活和体会生活，因而，精神世界也会更丰富，人生更精彩。

而我，也在这一次又一次的读书会过程中，读懂了“她”时代的书香女子的力量。

# 第三辑 >>

# 四季书笺

SIJI

SHU

JIAN

# 书屋怀想

城市的文化生态，是一根牵牵惹惹着文化游丝的藤蔓，书店，就像一个个的金瓜，吊在这根藤蔓上，闪着独特的光泽。从心理上，我是极为偏爱藏在城市褶皱里的那些小书屋的，它们虽小，但大都闪着聪明狡黠的灵光，做着大隐隐于市的文化梦。

书屋的发展，在整个上海的文化进程中，总的来说还比较流畅，有行云流水的态势。它们安静地隐藏在居民住宅的周围，很家常的样子，是可以供你日日去说私心话的，不用隔着老远的距离，穿过闹哄哄的街市，去赶那些大书店的场。书屋是有自己的信念的，它们做着细水长流的打算，起誓般地要与你“执子之手，与子偕老”，是埋了头一点一滴地要过好每一天的日子的。书屋是这城市里的文化和声，虽不是主旋律，但是却充实丰满了书市的曲调，少了它，便少了许多荡气回肠的回忆，显得单调、单薄，没有厚重，缺少层次。

对于我来说，逛书店是一份闲暇乐趣。因为，在文化都市大厦的构架中，书屋大多起的是协调的作用，有些快餐店的味道，还透着股时尚文化的气息。在我看来，书屋的质地好像是流动的液体，水银一般分布在城市的角角落落里，却不改原本的性质。它们的轻柔、可触摸性，使城市的文化属性有了波光潋滟的华丽。它们是低吟的，可却是有着自己的基调的，安分守己地候着自己的一份天空。

可就生存情况来看，这些书屋，相形之下较为艰难，不能像大书店那样摆着谱，它们得有自己的算计，要在骨子里争口气。于是，书屋总是描好了眉、化好了妆，打扮得可人意的，来接待你，是把你当作了客来待的。相比之下，大的书店总是较为松弛迟钝、不修边幅。有一阵常去福州路，那里聚集着沪上数家航空母舰般的大书店，里面人来人往，不像是逛书店，反像是逛集市，闹哄哄的，也有些让人闹心。还有那些灰扑扑脸孔的新华书店，穿的还是一套中山装，数十年不肯换一下，连里面的营业员也还是一副公家脸，也许以前还是新鲜的，可这么多年过去了，磨损得显然厉害。而书屋则不然，是会知根知底地打扮自己，是要讨人好的。它们的布局也不似那些大店，茫茫然的一片，让人进去无处抓似的，而是细致地分类，可着人心地把书归类放好。屋里还响着音乐，如灵魂轻荡的舟楫，自渡，也渡人。

我爱翻检故纸堆，常留神地看介绍老上海的资料，在对城市追忆时刻登场的，常有那些活跃在旧上海镜头里的书屋，是悬浮在怀旧氛围里的活跃分子。二十世纪三十年代的上海，也应有这样一些知名的小书店，在浓重雾霭的社会里，发出幽亮的光。隔了那么多年，一旦拂去时光的尘埃，它们又活色生香地出现在我的面前，一点不带隔膜，也一点不显生涩。有时也会去街头找寻它们的过去，比如多伦路的内山书店，温习从书中得来的印象。常觉得这些书店的旧影，是隔了山重水雾的，它们的故事也显得风云跌宕、不可思议，许多事情是让人无从想象的。可是，一旦跋山涉水地走过来，却一切都云消雾散、风开月明了。

当然，从表面阅读，我看到的仅是书店的风情故事，是有着无法相知的隔离的。单就都市里的书屋而言，实际上，它们是在刀光剑影里生存的，它们跌宕不安的内心是掩了起来的。再知名的小店，也是有着惶惑不安的生存心理的，它知道自己只是沧海一粟，是兴隆时代的一个点缀。绍兴路上的席殊书屋，曾有过风光霁月的好时光，可是转瞬间，就泡沫般消散。老板们是看在眼里，心知肚明的。他们知道只有把这日子过扎实了，才有体力、心力去应付变故，才能全力以赴维持日常生活演出的需要。

虽然大多数书屋挣的钱不是特别风光，但是也兴兴头头地过日子，有积极入世的情结在内，是值得人从内心里起敬仰的。它们是这个城市的日常景观，对人们的精神生活起到普遍的推动作用。它们的几何合力是巨大的，源源不断地输送着精神的食粮。

如果说，那些大店是小说，那书屋就是散文，是随性可读的，有着自己诗意的。小说，使这座城市有了深度、厚度，有充实的底蕴，而散文，使这座城市有了灵性、感性，充满浪漫的底蕴。书屋，就在丝丝缕缕的经纬间编织着城市的文化散文梦。

# 气质言几又

在手机上保存了好几个阅读类的微信公众号，突然有一天，忽地跳出来一则信息，介绍本城几家高颜值的时尚书店。衡山·和集、钟书阁、言几又·今日阅读、西西弗书店、MUJI BOOKS、千彩书坊……足不出户，只在室内持着一枚手机，感受那满屏明亮温暖的书香，熏染得整个人都仿佛更有文艺气质。

如今，微博、微信碎片化信息盛行，去书店静心阅读、买书真不是件容易的事情。和一位辞职在家开网店的校友说去书店买书之事，就像说起二十世纪的黑白电影故事一样。早成网络达人的他说，现在都 E 时代了，在网上购书，又方便，又便宜，谁还去书店啊。逛书店如果是一种情怀的话，也早已随风而逝。

可一时之间，实体书店仿佛又迎来了春天，时尚逆袭，去书店阅读成为文艺青年的生动场景。较切近的事件是，苏州诚品书店以“高大上”的形式开张，成为当地一座文化地标。我的一位上海朋友，不辞辛劳，带儿子从京沪高速开车赶去，在七十二级大型步梯上漫步穿行，在浩如繁星的书籍中悠然翻阅，感受一番清寒天气里的书香温暖。在上海版的诚品未开张之前，苏州版的诚品可算是上海的后书房，厚重妥善地安置着读书人的心灵。

现在的书店走的是时尚路线，比的是谁的颜值高，如此一来，体验感就难免与阅读感并存。唯有形式感的体验到位了，那阅读仿佛才能算是成立的。就连国权路上的复旦经世书局，也旧貌换新颜，记得当年像职场大妈一样的书店，而今被装修得如妙龄女郎，后面还延伸出去，开了一家时尚咖啡店，中间用隔院与书店连接起来，坐在那里阅读、品茗、会客都不错。我有一次去复旦办事，冲着那书香加咖啡香，去小坐了好一会儿，体验了一次美丽的邂逅。

在微信圈里，看见一位爱书的朋友发了张“言几又九宫格”，那满屏的店景，抢了苏州诚品书店的不少风头，成为朋友圈里一道美丽的风景。沪上软红尘中，竟有此等书店，想来颇是清幽可人，便下了决心去看看。去之前，尚不忘做一下功课，才知道“言几又”的意思，取意于设计之“設”的繁体字，“言”，即言之有物，观念互通；“几”，代表生活；“又”，存在即合理，创想无界限，代表着多种可能。

言几又书店不仅颜值高，地理位置也不错，坐落在新天地附近。带女儿打车去，司机绕着天平湖兜兜转转，竟也好几圈，才找到位于湖畔路158号的“言几又·今日阅读”。可见有温度的书店，总是藏在幽境之处。女儿一见那直达天花板的美丽书墙、角落里的钢琴、成排的书架，激动地一跺脚，“我喜欢”脱口而出。能让一位十四岁的小女生着迷，说明这家书店是做到位了。就像诚品书店的创办人吴清友在一次演讲中说：“我相信有人的地方就有灵，有灵的地方就有场。……最精彩的是里面每个人的表情都那么独特，无论他是优雅、孤独还是雀跃，都太美了。”女儿的欢呼雀跃，仿佛是对他这句话的恰当注解。

言几又书店，咖啡飘香，原木色的书架错落有致，有人捧书细读，有人敲打键盘，有人低声交谈。女儿欣欣然地坐下，点了杯饮料，又去找了几本喜欢的书，成为埋头喜读的小熊，再也不愿挪窝了。我随意逛了一圈，店内有一些是主流文艺书，还有比较多的台版设计类书。环境走的是小资路线，店内的咖啡甜点价位虽然高了点，但它将阅读与生活体验结合成一体，构成一个独特心灵空间，书店的创意确实值得点赞。

上海在追求经济高度的同时，也在不断探索着文化的品位，而时尚书店亦步亦趋地刻画着文艺之都的形象，自觉不自觉地塑造这座城市的感性与知性，可算是有情怀、有温度。

回来的路上，女儿满心欢喜地给爸爸打电话：“今天我们是在言几又看书呢。”估计电话那头，并不能听懂女儿在说些什么。但是她稚嫩的声音，却回荡在这座城市上空，为书香上海添了一抹清音。是的，只要是书房，总归是这个红尘万丈城市里的一处净土，最终也会成为爱书人的私书房。

四十岁之后，重新打开一个意义或者趣味空间是难的，时尚风景于我只是走马观花的残影，少有流连忘返的停留。读书已然是心无旁骛，海上书房恰成为我追忆逝水年华的一个引子，也提醒自己不忘回归日常阅读的初心。

# 文庙书街

我一直偏爱从名字上遥想一个地方，比如，苏州的桃花坞、南京的秦淮河、北京的琉璃厂、杭州的西泠印社……这些缤纷美质的地名，是牵连着梦想的，在跨越了遥远时空的地方，吸引着我。相比之下，上海的文庙书街，感觉有些老气，不够水灵。所以，初到上海几年，虽然也听说过文庙书街的大名，知道那是个书刊交易市场，有文化的人爱往那里钻，但总觉得那是一个老得掉木渣渣的地方，所以匆匆的步履总是抱歉地绕过了它，直奔一些听上去隽永诗意的场所。

直到毕业之后，去到那里，发现那些门面潦草的书店，看上去并不整齐，但都独具一份粗粝的美感，像是画家笔下的一幅幅速写，线条勾勒简洁粗犷，而且重要的是，它们以那样的一份不加掩饰的、倾尽全身心的真情，来隆重地衬托出对书的一往情深来，内心才有所感动。在这里，只有书是重点，是值得圈点的，其他只是陪衬与背景。如此慢慢地闲逛、翻阅，总能发现一本两本心仪的好书，一个上午蝴蝶一样翩然飞过。再渐渐地，一些白昼就恍惚迷离地停靠在那里了。

从外界轮廓看去，文庙书街是隐匿于一堆高楼之中的，感觉它更像古人遗落的一支箫管，随手丢弃在喧嚣的闹市中，时代覆盖的灰尘渐渐增厚，可是仍然不失它的古韵风姿。只是，由于时间的磨钝，它吹奏得便有些艰涩，尤其是在穿越那一道道狭窄漫长的弄堂时，如果不全力以赴便很难跟得上节奏。

可以说，文庙书街是在夹缝中求生存的，它和同为文化经营场所的福州路是不同的，如果说福州路对文化的诠释是宣泄而直接的，那么文庙路更多表现出的是一种隐忍，是一种对文化的理性思考。其实，只要一踏进周遭那窄小的弄堂，就会被它抑或悲怆、抑或艰涩的生存状态感动着。

记得在一个盛夏的上午，坐上 18 路车，摇摇晃晃地到了那里。太阳像烧着了的针尖，滚烫，灼得人生疼，看那四周拥挤着的房屋，那青黑的瓦的鳞片，那裸露的木的柱廊，那翘起的壁的飞檐，都在高而白的天空下沉默着，感觉这种沉默像是对过去时光的一种更深的记取。文庙书街里，那些书店也被这针尖刺得没了精神，软塌塌的，无心做生意的架势。卖书的人蜷缩在闷热无风的店里，和一堆堆的书拥挤着，显得皱巴巴的。被太阳干蜇着，买书人的心情也都皱巴巴的，眉眼之间凝着沉重的神色，不得过似的，只是用慎思的手和眼，机械地一遍又一遍地抚摸着图书，斟酌着要还是不要，希望能有所斩获。

只有太阳光雪片一样大块大块地笼过来，又像是给整个书街涂了一层薄薄的凝胶，里面的屋、人、物如上了干胶一般，由缓慢移动而渐具静态，在夏日的午时，慢慢地合聚成一个透明的琥珀。

如果把这枚琥珀慢慢剥落开来，便会发觉文庙书街总是隐含着过去的影子，比如，那一条条窄弄，看似干瘪无趣，可是却堂而皇之地标着“学前街”“梦花街”“学院街”“尚文路”，显得文化底蕴深厚十足。这一连串的街名和地名也向人们昭显着它过去的深度与辉煌。在这座年轻、时尚的都市里，文庙书街是在刻苦营造一个小小的梦境——牵连着过去的时空，维护着读书人的梦想。

# 学画遐思

## 东方出版中心

作为一个编辑，一个读书人，喜好书画，雅爱墨戏，向来已久。时间长了，不免要自己动手，在宣纸上涂涂抹抹，这也是自然而然的事。

庚寅年（2010）伊始，我开始习书法、学画画。常常是午饭后，稍事休息，我会临临帖。选的是天津杨柳青书画社的《九成宫醴泉铭》。书帖封面古雅，墨色晕染，不忍释手，但也是下了好大决心才临的。从“皇帝避暑乎九成之宫”临到“在兹永保贞吉”，顺着欧阳询的书迹，笔端默默遣春温，一本字帖临下来，大半年也快过去了，看着书柜里增厚的临帖纸，颇有光阴流转之感。中午这段时间并不长，吃完饭，会有一个半小时。以前，会去打乒乓球，出去散步、逛街，晒晒太阳，顺带去附近的邮局、银行，办点琐事，或去仙霞路东方出版中心在底楼开的书店，看看新书。浏览文史学术书籍的同时，也看到不少关于书画方面的，既有荣宝斋画谱，也有尤无曲、吴藕汀作品集，还有一些书帖、画谱、杂志等，它们在书架上，高低起伏地演奏着艺术的旋律，相互之间留出和谐比例的间隙，让爱书人的目光在其中穿梭。恽寿平的明信片小册子，在一堆画作中，散发着清气，——纸箱里、柜台上，还杂杂落落地，有着其他一些画家的明信片，但，恽寿平是我不必斟酌词句的一位画家，我是为之心喜、见之必买。这其中，隐蔽有一种心境，丝丝入扣地润饰着我的艺术观感。就这样，大多琐琐碎碎地，把午后这段时间打发了。但近年来，临帖这种形式还是固定下来。基本上，花半个小时，写上两页，边临边背，临完后，签上日期，以便以后对比着看，是否有进步。

墨香改写着午后的光线，这是日常生活漫溢出来的枝枝节节，值得珍惜。

## 桥艺画廊

周末有一段时间，我去学画。虹桥路的桥艺画廊，与刘海粟美术馆比邻而居。桥艺画廊坐落在繁华、活力四射的上海古北商圈。画廊作品丰富，主要经营油画、水彩画、国画，也经营各类装饰画、贝壳画、印刷品等。暖灰色的画面弥漫着整个画廊，有着暧昧和不明朗的气息。

周日的上午，画廊人不多，只有我与另一位女士。她画梵高的油画，我学国画。老师是厦门人，经历坎坷，但心地朴实善良。边教，边说一些美术史上的事情。说好是两个小时，但常常会画三四个小时。记得刚学时，老师拿出几本国画书，让我看喜欢些什么。我挑了一本《传统花鸟技法解析》，因为里面有恽寿平用没骨法画的花卉，很想尝试一下。起先是在生宣上画绣球花和碧桃，后来，画叶子时觉得洇得太开，老师建议改用一种生熟宣的黄表纸。他示范性地画了一朵碧桃，看上去的确不错，很好看。在他的指导下，我完成了一幅碧桃图，还不错。接着，又临白石老人的牡丹、荷花、枇杷、玉兰、荔枝、樱桃等。看着朱红、花青、钛白与藤黄等颜料，质地细密，在雪白宣纸上以不可理喻之思氤氲开去，微妙地渐变出色彩与光华，心情非常愉悦。画完后，拿给老师看，听老师讲解其中的水墨得失，有受到赞赏的，很自然地，调节了我作画时的兴奋感。与此同时，又找一些画家的传记来看。读过的有，八大山人、张大千、林风眠、吴冠中、傅抱石、齐白石……看白石老人的传记，才知，原来老人的人生那么传奇，与朱东润先生漫长、清晰、理性的寂静，好有一番对比。他们对艺术的那份深情坚执，让人感动。画画累了，就会看着窗外。外面有蓊郁高大的松树，阳光斑驳陆离，在其间穿行。四季的阳光，姗姗可爱，学画的时光，也姗姗可爱，让人想依步和韵，作一现代仿徘诗：闲寂仲春日，绘事暂迷离。

画室楼下就是画廊，有时举办画展。一次，看到展出一组外国女性的中国画，十六位女性，六十八幅画作，主题为《不同的视觉》。这些外国人，起有中文名字，苏珊、葛碧丽、庄琦、李花等，她们的习作，画的也是平常的花草风物，如秋菊、紫藤、牵牛花、兰花、梅等，虽是初学画，但笔墨之间透着股浓郁的中国味。写干、行梗、出枝、圈花、点蕊，均透出灵秀，有风外清香之致。有一些画作还贴上了红色标签，因是被人买走了。有的笔墨虽还显稚嫩，但能看出来，她们热爱中国画的心是真诚的。或许，中国书画的艺术潜质里暗合的密码，独具文化的调性，竟引得外国人如此迷恋中国的书画。上海滩是藏龙卧虎之地，看桥艺画廊的画展更加坚定了我的看法。

## 刘海粟美术馆

闲暇时，也会逛逛旁边的刘海粟美术馆。这是以中国新美术运动的奠基人之一刘海粟先生之名命名的。有次举行“昨夜星辰——潘玉良画展”，去仔细看过。画展重现了民国美术界女画家的传奇。上海是潘玉良求学的地方，上海也是她艺术旅程起程的地方。这次展出的画作，是从安徽博物院馆藏的四千七百余件作品中精选出的，非常有意义，也值得回顾。

对潘玉良其人，已从电影《画魂》中得知，她身世坎坷凄凉，自幼双亲驾鹤西去，未到成年便沦落风尘，幸有时任芜湖海关盐督潘赞化同情她，将其从妓院赎出并与其结为伉俪。潘玉良聪颖慧智，对绘画有着特殊的爱好和天赋，与上海美专教授洪野先生的相识，开启了她的绘画创作之旅。

当年潘玉良报考“上海美专”成绩第一，却未被录取，是校长刘海粟得知后亲自提笔在榜首第一名旁添上她的名字，才得以在学校开始正规的、系统的绘画学习。潘玉良是上海美专开放女禁、实行男女同校后招收的第一批女学生；在上海美专，她得到刘海粟的赏识，并接受他的建议，赴法国继续学习绘画。潘玉良由此成为民国时期最早留学欧洲的女性画家之一，也是中国现代油画的奠基者和开拓者之一。一九二九年，潘玉良学成归国后，被聘为上海美术专科学校西画研究所主任兼导师。她于一九三七年再度赴法，侨居异国直至逝世。

潘玉良与刘海粟亦师亦友，友谊深厚。因此可以说，在刘海粟美术馆展览潘玉良的画作，也是实至名归。

在馆内细看了一会儿，潘玉良的画作跃动的色彩比较丰富，画风不妩媚，也不纤柔，反而有点狠。用笔干脆利落，用色主观大胆，展现了这位民国女画家的内在激情。一个出身卑微，有思想、有见识的女性，不仅是在现代与创新中寻求艺术的发展，而且是走出家门、国门，到社会中去活动，实属难得。

## 福州路

福州路也是平时爱去逛的地方，在书城的六楼和七楼，观摩一些美术书法书籍。还有古籍书店、艺术书坊，专门经营艺术书籍，自然淘回来不少喜欢的书籍:《白石老人自述》《气韵鉴画》《痕迹：中国书法院助教日志》等，希望边读书边实践，将书法与绘画学好。今世书局常会卖一些打折书，每次去逛，均不会空手而归。记得有一本《兰草画法》，里面不仅有兰花的画法，还有古籍中有关兰草的记载，后面又附录有一些古诗，很有一种古风，这样的书籍并不多见。很便宜，才三元四角，赶紧买下来。常常逛至夜间，直至书店打烊。

## 上海艺术博览会

我的单位，离兴义路世贸商城很近。这里每年九月，均会举办上海艺术博览会，这一展览，云集有国内顶尖级的大家和画廊，对当代艺术家进行全面展示，可以知晓中国当代艺术家的绘画成就。一连几年，我都去看。从中体会赵无极的抽象之红、陈家泠的清逸之荷、吴冠中的水墨江南、石齐的彩墨之茶……有时，还特地收集一些艺术资料，回来继续品味。虽然一天逛下来，很是消耗体力，但是，能够接触到艺术大家的原创性画作，精神上颇有一番满足感。还有上海美术馆、刘海粟美术馆、上海博物馆、朵云轩，艺术品拍卖预展，只要有感兴趣的书画展览，都会去看看。同时，也关注《东方早报》《新民晚报》的艺术博览专栏，知晓了不少艺术绘事与画作，培养了艺术修养的自觉。

初次看到吴冠中的画作，是在上海的一次艺术展上，荣宝斋展出了他的几幅代表作。记得站在他那些画作面前，一下子就被打动了。想起宜兴善用泥土做陶，仅借着泥土线条和色块，便有着令人惊讶的作品产生，而这些画也将那色彩与线条运用到极致——有的色呈灰白、桃红和象牙白；有的色呈浅灰、淡黄和黄红色；有的是松花色、碧绿色、浅赤色；有的是朱砂色、朱砂紫或海棠红，还掺杂有粉绿色。像是陶土浸淬之后的各类颜色，浸泡着中国传统绘画的思想与文化，也让我感受到吴地曾经繁华如梦的江南往事……所谓色彩方生方死，本身是个值得人细细琢磨的宇宙……一时间，思绪斑驳错杂、陆离纷披于前。品画，更多的是品吴地的文化，品中国传统的文化。

当时看完画展，我从兴义路转到仙霞路，喧哗蒸腾的都市色彩里，一排专卖店并肩林立，这是一个令人眩晕的世界。想起刚才看到的那些苍绿、苔绿、灰白等颜色，那种水墨质地的清凉，真是像外国画展里错放了一幅国画。又想起江南的那些城市，曾经多么婉净简约，可现在无一例外，也全都朝着复杂深邃的国际化大都市的主题奔去。宜兴也不会例外。那种水墨风涣的快乐，已不复有了。想起，吴冠中先生拥有同样的惆怅，他说：这民居，就是《双燕》的母体，谅来这母体存活不会太久了。

# 白玉兰

夏夜，上海人家的院落里是泼了一盆盆的凉水的，那凉，四下里弥散开来，将热一点点地吞噬过去。院内的白玉兰树也捋着这股凉气，清丽可人地浸润在这凉夏中。

自思，白玉兰最宜和院落结伴相邻，那从闺阁里透出的脂粉香，在夜空里丝丝缕缕地渗开来，正可以让它沾染个满怀。一直觉得，它应该是夜晚的植物，在青蓝的夜色中，穿一身立领旗袍，清丽、端庄，与养在深阁中的大家闺秀相似。“春季到来雨满窗，大姑娘窗下绣鸳鸯，忽然一阵无情棒，打得鸳鸯各一方。”周旋的老歌，一股脑儿地钻出来，是把这城市当作抒情小调来唱的。白玉兰那种端庄、妩媚，正是要配着这些怀旧金曲去听的。

儿时，关于白玉兰的印象是浅浮在梦中的。记得，小时家里有盛米的大瓷缸，那涂釉的表面浮着的凸纹，缠绕着一些花枝，其中是有白玉兰的。它在记忆这口深井里，唤起的是无瑕的美，让人感到某种纯洁。就是听人喊玉兰一词，也会觉得清新雅致，觉得她定是着月白衫、梳麻花辫的清秀女子。想来，中国汉字组合讲究的是和谐，和谐即为美。玉，原本有着典雅的气质；兰，则摇曳出一派旖旎的风姿，两字相合，再衬以“白”字的温良，再是清雅不过。清代诗人沈同有一首七言绝句《题玉兰》：“翠条多力引风长，点破银花玉雪香；韵友自知人意好，隔帘轻解白霓裳。”正是和着这一路的清雅之韵吟唱而来。后来得知白玉兰是上海的市花，略一思忖，觉得这花竟真是非常暗合上海这座城市的女性气质，是典雅的、温和的、神闲气定的。

十几年前，还是在小城，读张爱玲的文章，便遇到了生长在上海的白玉兰，谁知这花，在天才作家的眼中竟是“邋遢丧气的花”。作家当时由于情绪失去了自控，顺手也抹去了白玉兰天然的温雅气质。以后再想到白玉兰的花开花败，像一段长长的心事，内心免不了生有嫌隙。或许，白玉兰的典雅华丽注定是要遭诟病的，它耐不了性，急切切地要把别人比下去，可身子却还是凡间的，不能乘风归去。花期又长，让人看着熟厌，花败时，并不干脆利落地谢幕，仍不知趣地在枝头招摇，活该要招惹些笔调的难堪了。

定居申城后，忙着读书、工作、买房、生子，竟是低头走路，无心望天的。每次坐车，也只是默默地看着那阴郁灰色的街景，似已忘了这城里的花。那日，从上图出来，沿着淮海路向常熟路的方向走，这是一条惯熟了的路。不知怎的，突然发现沿街的地方居然有一排白玉兰，它与春天一起出场，那一树的白花，热烈而安静地悬在枝头，雪白、傲岸，像在吟着一首诗，又像高飞着的白鸽，扑愣愣地在树枝、树梢处盘旋。可花与花之间，又有着不合群的疏离，好似上海闺秀女子的脾性，争强好胜、不甘人后，骨子里总透着清高，拼了命也要挣出个头。它的那份要强心仿佛钢琴弹奏的一个半高音，悬在空中，挣扎着不肯落下。

看着这花，觉得自己像是已经看过很久了，从没有错过身似的。再以后，无论是走过院落、庭院、弄堂，我都会不由自主地主动去寻找白玉兰，看它的花开花败、枝叶荣枯。觉得它的生命里藏有神秘的身世感，就像陈丹燕在《上海的金枝玉叶》里写的那些女子，命运多舛，不可捉摸。

颜文梁的画册里，也有白玉兰，清丽、典雅。那洁白的花色，像毕加索《亚威农少女》画中少女白皙的脖颈。颜文梁的画并不新鲜，但是他怀旧，对处于角落里的这丛花树，他报以温柔体贴的眼神，给人一种天然的感情，像是享受到了天伦之乐。看来，花相与心情有关，它是画家的温柔梦，那它便也是梦了。白玉兰，终归要引人有一份简淡人生里的温雅之念的。

# 夹竹桃

春日的阳光渐渐地艳了，将姜黄的竹帘轻悄地垂下，于木质摇椅上，翻阅王安忆的小说《长恨歌》。光影渐渐地移动，隔着帘影，在屋里细致地描出层层的格子花。淡然地看着它，心中一片清凉，唯有书中那粉红的夹竹桃在心头热热闹闹地开着。

曾是上海滩三小姐的王琦瑶，家毁夫亡，无奈中流落至苏州的邬桥，此时她本应心如止水。可是，可是心头的那棵夹竹桃，还是忍不住伸了出来，一切都锁不住春色："她已经感觉到了上海的气息……栀子花传播的是上海的夹竹桃的气味，水鸟飞舞也是上海楼顶鸽群的身姿……她听着周璇的《四季调》，一季一季地吟叹，分明是要她回家的意思。"夹竹桃显然是宜入文的，正衬着上海小姐那副小家碧玉的样，榴红衫子、湖绿撒花裙子，很有些讨巧的意思。

家乡是没有这种花树的，小时候倒是在小说中读到过，是《花溪》杂志上的一篇文章。一个小女孩误喝了夹竹桃煎的汁水，中了毒。从此，对夹竹桃有一种隐隐的拒绝。后来才知道这个舶来的花树，原本是产于印度、伊朗的，因为它的茎、叶、花朵都有毒，从而注定，此生，它要与毒纠缠不清，只能独（毒）自美丽。

看一本电影随笔集，妖娆的文字，也是独自美丽的，一心要使人中毒。里面有关于夹竹桃的一段文字：“米歇尔·菲佛把许多白色夹竹桃泡在浴缸里，那些枝叶的断面会渗出有毒的汁液，这样制作的毒水，拿去害那个玩弄抛弃她的男人。”

这是美国电影《白色夹竹桃》中的一个片段。十五岁的女孩阿斯特丽德，她的母亲英格丽德是位诗人。她们的生活不同凡俗，也充满快乐，直到有一天，有一个男人来到她们的生活中，英格丽德狂热地爱上了他。在被抛弃以后，英格丽德用自己最喜欢的夹竹桃花毒死了他……阿斯特丽德目睹了母亲的被捕，此后孤苦无依的她，明白了想要在冷酷世界生存下去，必须抛弃原有的自怨自艾，学会自我救赎。这部电影改编自詹妮特·芬奇同名小说，由于小说本身特具的诗意气质，电影也因此充满了浓郁的文化气息。

印象里，夹竹桃算是出世的花。夏日坐火车去福州，车行到南方，竹林、树木、农田、菜畦，漫坡的绿色铺天盖地。火车轰隆隆穿过一个涵洞后再钻出来，这时眼前蓦然一亮，绿色中簇拥出了一排艳艳的花树，显出一派中国“闹”的意境，是那种不带一丝功利的，不想烦心事的，绝对的闹。那热热闹闹的红，是这重叠了青翠里的一个活跃，让人心境立刻开朗起来了的。

一直以为，夹竹桃只易在山道间、乡路边生长，定居上海后，才发现这种花树极易常见。公园、校园、街边、弄堂常能见到。它从春末开始打花蕾，在初夏的阳光里，一天天地膨胀起来，在几场夏雨后，花骨朵儿咧了嘴，花就灿灿烂烂地开满了枝头。它的枝条是一蓬一蓬的，姿态却又极为秀丽，浓浓的阴影遮蔽着炎炎的夏日。

这种花树，在苏州河畔生长最多。它们密密的，不甘寂寞的，总是挤在一起，这棵与那棵之间显得很有情谊的，是上海小女子间的那种情谊，相互之间仿佛是可以传递私房话的，可以商量事情的样子。它虽和那乡下树杨柳做着邻居，可骨子里却是一副小家碧玉的风情，总是要保持它高昂的姿态，一心想营造一种氛围，虽然因底气的不足，搁浅了，可在骨子里头还是不肯就范的一副楚楚可怜的神态。

每日上班、下班，经西藏路桥，拐弯沿苏州河岸边走，便能见到这丛丛密密的花树。在路的另一侧，多是一些破旧的厂房、仓库，看到这家常女子与这些老房子为邻，竟似在俏丽中含了些淡淡的惆怅。

天暗了，暮色醇厚，有人在苏州河边拍电影，船头的灯火亮起来，映照着河岸迷离，夹竹桃嚼碎了初上的月光，枝丫横斜的河岸就有了无数光的碎屑。“我是景色，也是目光。”波伏娃的话在乳白的月色下浮起，像是对这河岸边的花树做了最好的诠释。

# 茉莉花

上海的老城区，那些公共天井里、家门口，种的多是鸡冠花、月季花、凤仙花和一串红。月华初上，女人从竹竿上收起晒好的衣物，空气里弥散着的还有茉莉花的暗香。清凉的阳台上，栖着茉莉的细影，那青绿洁白的、羞涩的、紧缩的花骨朵，像初恋的心情。这细巧的花，芬芳柔韧，在我的眼里，竟是那么丰美，像是揭开了一场秘密青春的盛宴。

记不清听《好一朵茉莉花》是什么时候了，只记得婉转悠扬的曲子，渗透了整个清秀的童年。有时，偶尔打开电视机，就飘来这曲和着清亮童声的老歌。一群身着洁白连衣裙、手捧洁白茉莉花束的女孩，唱着洋溢着浓郁江南风情的民歌《好一朵茉莉花》登台，在进行迎接外宾的盛大演出。那些小姑娘，个个都像浸润在夜色里的茉莉，小朵的花，纤细的叶，素雅清新。

还有梁静茹唱的《茉莉花》：好一朵美丽的茉莉花 / 好一朵美丽的茉莉花 / 芬芳美丽满枝丫 / 又香又白人人夸……饱满、丰润，隐约透着惜、怜、羞、怯……像一个来自异乡的少女，有着最初的轻柔、含蓄、芬芳。

啊，洁白重叠着洁白，稚嫩覆盖着稚嫩，茉莉花像一位异乡来的江南女子，以最初的清纯浸润了整个城市，馥郁芬芳地盛开在城市的上空。

茉莉花无处不在。十七八世纪，一个英国人来到中国，搜集到《茉莉花》的曲调，欣喜之余，记录下来并带回欧洲，被普契尼运用于歌剧《图兰朵》，在剧中多处出现，映衬出普契尼越来越醉心于异国情调的心境：美丽的中国公主图兰朵，出了三个谜，扬言要天下所有的公子王孙都来猜。她的奖赏既诱人又吓人——猜中者可以娶她；猜错了就要被杀头。……直到有一天，流亡中的鞑靼王子隐名埋姓前来一试，居然全部猜中。可他并不勉强公主兑现诺言嫁她为妻，只要求图兰朵也能猜中他的谜，即他的真实姓名、身份，就算摆平了。上海的剧院里一再上演这部歌剧，可惜没有机会去看，只是冥想《茉莉花》如何似深秋的水月，漫滤过这部歌剧。

申城上映过一部电影《茉莉花开》，讲述的是三代女人——茉、莉、花的故事，依然由二十世纪三十年代的旧上海说起，前两代因为生活在旧时代里，最终没有逃脱出命运安排的感情陷阱，无奈、绝望、失败感充斥着她们本应多姿多彩的人生，直到花这一代，才学会选择自己想要的一切。章子怡在剧中一人饰三角。茉——莉——花，念起来很有韵味，被章子怡一字一字地阐述，想来应是件很有意思的事。

“白兰花——茉莉花——”，多雨的春天，上海的弄堂或街角总会响起这糯糯清脆的叫卖声。卖花曾是旧上海的露天职业，现在也是。清早出门，福州路上，经常会看见面容慈祥、衣着清爽的阿婆，坐在石阶一角朝着过路人微笑，她的身旁放着一挑竹篮，里面装着些用细铁丝穿起来的白兰花蕾和茉莉花蕾。看着那嫩小的、结实的、紧裹着的茉莉花蕾，有淡淡的幽香传来，接近于青春期的忧伤，久久难以散开。

常去石库门的一位朋友那里串门，隔壁也有一位阿婆，白净纤瘦，身上总有一股好闻的茉莉花香，浮着的笑容含着真诚的善意，常喊我的女儿到她家，吃她用红枣、银耳、桂圆和冰糖做的甜汤。她清甜润滑的声音，像淡香的茉莉花，一直暖到人心里。

啊，这些茉莉花，这些白的茉莉花／我仿佛记得我第一次双手满捧着这些茉莉花／这些白的茉莉花的时候／我喜爱那日光，那天空，那绿色的大地／我听见那河水淙淙的流声，在黑漆的午夜里传过来／秋天的夕阳，在荒原上大路转角处迎我，如新妇揭起她的面纱迎接她的爱人／但我想起孩提时第一次捧在手里的白茉莉，心里充满着甜蜜的回忆。

泰戈尔的小诗，精致剔透得如一尊玻璃器皿，里面漂浮着甜蜜的、芬芳的花朵。浙江文艺版的本子，淡绿色的封面，有如茉莉般的清新。一直喜欢泰戈尔、冰心等人的流萤小诗，和着淡雅的心境，似那洁白的、饱满的茉莉蓓蕾，纷纷繁繁地在心头开着。

# 潮水之春

仍是薄寒之天，就有些细浪般的绿色，漫漫涌上树梢。那种逶迤细浪，堆涌成浓重的春意，枝头枯意虽浓，却也一下就洇绿了。

我明显感受到了春的潮意。可，在上海，春真的是短呢，是冬夏之间的带过曲吧。

上海的春天虽短，文风却是多变的，给人以层次感。譬如前时，天气略暖，空气微醺，甜暖如酒酿，是一派上好抒情文字。但，并不几天，天复阴冷，车经苏州河，见汤汤水流，一如既往，沉默、平静、青郁，犹如天色，仿佛与春天的激情并不协调。下车来，冷风扑面，两边高楼，铅冷之色，素描一片清淡心境。仿佛写作从一种情绪走向另一种情绪。上海的底色向来是冷色调的——绣红色的砖楼、冷黑色的铁栅栏、乌黑泛旧的门框，很不适宜来赋春呢。但，在我看来，这种素淡气息，被青郁之色浸润过，反而有了韧劲，它恰到好处地转述了一种对春的期盼。

都已过惊蛰了，天还时有寒意，有一种放纵的天真。节气，只代表着季节的一种顺序，它并不负责控制季节的温度。因而，在四季更替时，并不平铺直叙，常会有一些倒装句出现，文风自然跌宕多姿。理解了季节转换时的这种别致文意，于是，脱下厚厚的羽绒服，换上薄棉衣，然后出去走走。并不想完整地做一件事，只是，静静地走，捕捉一种微妙的感觉。

最近，常去的是延虹绿地。从仙霞路出来，沿古北路右拐，略微转一个弧形，就来到虹桥路。这里绿草清新，植物柔和，线条完全是阴性的，适宜成为一种抒情的背景。有几个指示牌，上面分别写着“天地合欢”“春漫延虹”“延虹史话”，把一块绿地裁剪成几幅册页。绿地密植有萱草、麻叶绣叶菊、榉树、贴梗海棠、结查、青桐、红梅、棣棠等。掏出一张小纸片，抄一棵树的来历：黄山栾。无患子科。落叶乔木，阳性树，优良的观花观果树种。但是，望去，栾树是光秃秃的，既无叶，更无花无果。一种栾树，在春天，看不出它的来龙去脉，但是，它也是宜于春天吟唱的植物歌谣，只是稍微有些卷舌而已。

春天短如小令，适宜做一些精致、有情趣的事，来打发时日。古人笔下，赏花、饮酒、烹茶、焙茗，都是上好春事。还有读书。近日读的是屠格涅夫的作品，专家对他的评述，用笔简洁，像在一款俄罗斯蓝花瓷上点彩。屠格涅夫的作品以前读过，如今读来，却平添了一种亲切的成分。喜欢这位俄罗斯作家，是因他语言的简洁、优美，也像一场精致的春事。他的有些作品，譬如《初恋》，譬如《春潮》，翻开来，有种俄罗斯式的忧郁潮意，覆盖住了春寒之冷。《春潮》里面，讲述了一场短暂即逝的爱情，可由几个关键词左右：春天、回忆、夭折的恋情。爱情种子未及萌芽便夭折了，短促得像个句子，也像上海的春天，转瞬即逝。美好事物的消失总是快的。读后，想了想，觉得唐人韦应物诗里，“春潮带雨晚来急”（像潮湿迅急的爱情），“野渡无人舟自横”（有失意怅惘之感），是可以很好地描述那种感受的。唐诗意境，笼着这本《春潮》，也像在俄罗斯的蓝花瓷上点彩。

近夜时分，春天的潮水，像淡淡月光，透过细密的百叶窗，不停地沿着地板、书柜和床沿移动。在春天，潮汐一样吸引我的还有海子的诗。并不是那句“面朝大海，春暖花开”。其实，诗人的生命里，关于春天的叙事并不多，反是天空、土地、村庄、麦子、孩子、风、夜、月亮、大海……这些自然物象，全是海子在暗夜里写下的，隐隐透着些绿色，是墨绿，是色谱走向最后的那种绿。这些已定格成诗意的物象，仿佛是，一条条鱼，在墨绿色海面上的跃动。诗人在他生命的最后两年，基本是生活在夜间。他用一种纯粹的生活来写诗，节拍打得缓慢而绝望。诗人的生命虽然短促，但永恒之诗，却已穿越指尖，多年之后，令人远望。

屠格涅夫在《春潮》中说：

我们不想描写萨宁阅读这封信的时候的感受。这种感受是找不到令人满意的词句来加以形容的：它比任何语言更为深刻，更为强烈——也更为难以捉摸。

我也不想再描写在春天的感受。这种感受是找不到令人满意的词句来加以形容的：它比任何语言更为深刻、更为强烈——也更为难以捉摸。

随浅浅细浪层层涌来，我明显感觉，有一种潮音的节奏，在春天，在缓慢地引领着我们，像永恒的音乐一样，引领着我们的灵魂上升。

# 仲春时节

仲春的阳光，光滑、洁净，如瓷器，被温暖地抱在了怀里。经过虹桥公园，见着垂丝海棠，还在沉默着。紫叶李，只零星见得一株，纷纷扬扬地开花，其余也均沉默不语，只在略浅一点的边缘，勾勒着春天的情节，但，没有想到，数天不曾留意，只一瞬间，这片李树就开了，没有过渡。再后来，它就细细地落。细腻的，洁白的，铺叙在草地上，如画家作画，用一种皴法，于色纸上描绘。春天里的落花，有很多。上班乘车路上，转角处，有梅花，时开时谢，集于一地。茶梅这边才开，那边就落了；白玉兰、紫玉兰，也落得早；柳絮纷纷扬扬，虽不是落花，但堪比落花之伤美。去菜场买菜，看见有草莓，红润可爱。那种层层的红，有花之韵美，也觉得那该是应时落下的花……让我直想要立足一观的，还是紫叶李：一地落英，覆以草丛，像细雪，晕染得人的内心流淌有流畅秀丽的文人情怀。

每次季节转换之时，均有落花。这个过程，结束之后，会有一段长长的留白期，由繁茂的盛夏浓绿覆盖，引人遐思。四月春意暖融融，姚黄魏紫次第开。正值踏青赏花的好时节，去长风公园。公园为牡丹开辟了一块专属园，命名为牡丹园。公园牡丹品种繁多，色泽亦多，以黄、绿、肉红、深红、银红为上品，尤其黄、绿为贵。看完牡丹，沿着银锄湖走一圈，顿感心驰神往。可是要不了多长时间，在拾掇心情时，想起春天里的落花，人会走神。四月也是花信时节，微信上，同事郑老师说：“看似春暖花开，其实还真是冷。”周末午后，他独自一人去长风公园散步。花园寂寥无人，樱花等却花开正好。又过多日，他去那里，再发微信，说“转眼已是绿肥红瘦”，只是明灭可闻的一句话，让人回味半天。郑老师是名人之后，为人学识渊博，但却低调有致。他前年老妻病逝，独居高楼，看见落花，未免有伤时情怀了。

老年失妻，如夕阳与落花，两种场景的组合，让人有酸楚的无奈和忧伤。有一年，我去虹桥路拜访一位红学家，他八十多岁，走路都不稳当，摇摇晃晃的，却执着于学术的研究。因妻子早逝，室内陈设极其简单，唯书与床与他相伴，那份寒俭，犹如生活在二十年前，能够感受到老年独居的苍凉。想起程千帆失沈祖棻，也是如此。才情满怀的程千帆，能文精诗，兼具学者与诗人风范。沈祖棻为词界才女，与他琴瑟相谐，相濡以沫四十年，这对学界伉俪，在沈尹默笔下，是被誉为“昔时赵李今程沈”的，有着江南流水的书香气息。后来沈祖棻因车祸去世，对沉浸于漫漫往事的程千帆来说，心头掠过的那丝深绿色的忧伤，宛如一个时代的苍凉，正是“一夜江城飞玉笛，落花如雨暗”了。南京去过几次，住过好多天，南大的文风雅谊，也渐次熟悉了些，其实学界中人，与程沈二人相似的故事，不止一端。漫步在玄武湖边，只见那樱洲的落花，落得深邃迷离，在鸟鸣声啁啾出一团青雾般的情绪。又，清晨早起，走过一段长长的青石巷弄，黑色的老宅夹生在它的两边，像已经稀薄了的墨汁一般洇开。思起那些夕阳时节的落花故事，怀人的病痛，如阴霾天来临之际，开始复发，潮湿的心情越发沉重，如打湿了的一地落花。

也许人生正是如此，落花流水皆是文章，落墨之际，念头缤纷，难有清晰的描述，潇潇心绪，落满小笺，唯用淡笔写好浓浓文人情怀的这一节。

# 暮春笔记

暮春，由孟春、仲春过渡而来，温度色泽由浅入深，有一种干净的芳华对比。在季节的脉络里，一边用清水养大把的马蹄莲和水晶花，一边缓慢体验气候转型的情绪——综合体悟的过程，淋漓尽致，丰富叠加，似有紫竹调的温淡情愫。

连续的阴雨，季节转换时的繁文缛节，让人只在最细小的枝节处流连。可天，突然之间就放晴了，阳光温和的，在梧桐的碎影与蔷薇的粉红之间闪烁，在叶柄与枝的连接处形成断层，有一种疏朗流畅的层叠美感。

清晨，路过华欣苑小区院墙，见雨中一树李花，极为轻逸舒展、烂漫枝头。暮春时节，语温言淡，适宜用细腻的色彩涂抹，形成自己的内心景观。

五月的上海，阳光饱满得像只慵懒的猫，悄无声息，栖息在任意一个角落。红色质地的靠椅上，搭着一块折叠好的绿色长毯，上面有国画般的动物写意，像松鼠和画眉在枝叶间跳跃。这是女儿小时候盖的，我拿来，做了午休的临时披盖，它毛茸茸的质地，延续过来，是用简洁单纯的快乐童真，将世俗成人的烦琐忙碌给圈去了。一个冬天，午休时，我都会搭着它休憩一会儿，身上与心里都很温暖。窗台上，紫红釉盆里，栽着白掌盆栽，颀长的绿叶，错落纷呈，在暮春的阳光下，与心情彼此有掩映。

夜里微凉。画了一幅兰花，题了首诗在上面：江南四月雨晴时，兰吐幽香竹弄姿。蝴蝶不求黄鸟睡，小窗风卷落花丝。郑板桥的诗，尤爱末一句“小窗风卷落花丝”，丝丝缕缕的文人情绪，语含淡淡的惆怅。

画完，写完，将笔墨搁在那儿，打开窗子换换空气，扑面迎来一阵凉风，清雅而空灵，让人浮想。伸头向窗外望了望，黑色绵延开去，仿佛一幅卷轴，上面有落花的影子，看上去满眼的迷离绚烂，却又很快消失了。

大华的春夜，空气中浮着淡淡的花香。在房间内，打开我喜欢的书与画，聆听《睡莲》，是清意微凉的二胡音乐，闭上眼睛，进入《睡莲》幽深的空旷世界中，想起了睡莲的传说，心神飘得很远……

好不容易整理好书架，却听窗外有鸡微啼。清冷的早晨，这是最为动人的诗句，干净而有风韵。天井中，种了些花草树木，桂花、香樟、枇杷、蜡梅，以至上海人家的院落里，一年四季都有草木香。我分明看见，露台上有盆茶梅，花瓣已经缤纷满地，奇诡而美丽，像印象派、点彩派画家这样的色彩大师，才能画出如此的色彩流变吧。很想用一支淡雅的兰花笔，撷取这一小景，画一幅画，随时欣赏。丰子恺先生曾言：“我觉得古人的诗词，全篇都可爱的极少。我所爱的，往往只是一篇中的一段，甚至一句。这一句我吟咏之不足，往往把它译作小画，粘在左右，随时欣赏。”此时，我也有如此感受。在这些四季草木中，我所爱的，竟是这样的小品。

五月。深夜，雨很大，是上好的墨品。高安路色泽浓重，有点苍凉美学的味道。迎风，斜撑着伞，去赶末班车。淮海路边，傍晚时分，总有人卖桑葚和樱桃。有时会买些，吃后，桑葚把嘴唇和手指染得沁红。因是雨日，且夜深，买卖人倏忽不见，让人想念。926 路车缓缓驶来，带有浓重的春寒气息。即使这样的天气，车厢内也不见人少。前行中，武康大楼的身影，静静拂了过来，墙上流淌有时光的青苔。

# 落英缤纷

没想到，人至中年，最打动我的一件什物，竟然是落花。

落——英——缤——纷，轻柔读过，眼前倏然有深红与浅红，缓缓坠地，季节的语气也相应地趋于舒缓，仿若，那份浓重的中年心情也缤纷舒展。

从《桃花源记》中，拈出这个词，每个音节里，都藏有一份古人寒暖幽情。陶渊明的怀古情绪，犹如纷纷落英，在文中，以片状呈现。仿若是以魏晋人的情思，来为这个季节做一注解。

从落花转读为落英，是因语境上，落英比落花更有怀古之美。

而落英，也与我现时的审美情绪，呈完全对应的方式。

见虹桥公园里有些老人，素衣淡服，三两成群，闲谈、散步、跳舞、打球……每天我提早下车，步行锻炼至此，均能看见这片极普通的风景。其中，也有世俗的折角——三十多只鸟笼，集中挂在西南片的树枝上，声线此起彼伏，很显悦耳，轻巧地配合着李树的落英。

落花，是节气转换，最自然的一次呼吸。

季节之花，应时而开，然后，以落英的形态呈现，表现出自然与气候的和谐关系。

北华苑小区里，茶梅已经谢了一地。宜徽急切地拉着我，她要我去看茶梅，还有紫玉兰。

她每天均去那里，看玉兰何时盛开，看茶梅是否落地？

我和宜徽，站在华欣苑人家院落前，见着一盆紫白的球花，宜徽上前，用小手摸花，却并不识，我看了看，认定它是绣球花。这种南方的植物，有一种秀丽的复调之美。在画家的笔下，得要用沉凝的情绪，落腕写实地去画绣球花，才画得好吧。或者要有，徐熙笔下落墨花的简淡遐思。

北华苑小区里的白玉兰，有的，还以极盛笔风开着呢；却也有不少的花，就淡淡地落了。我攀下一朵，拉至眼前——从没有这么仔细地，去看过白玉兰。它的花蕊，有种植物细致的构思，里面深藏着一份颜色的原始秘密。数了一下，共有瓣九朵，是最高的级数。

宜徽在一旁大声喊：“不要摘——”她的误解，反让我开心。

昨夜下了一场暴风雨，小区内的白玉兰落了一地。早起，推窗一看，有阿婆正在园内捡拾落花，让人感到一种生活的美好。这些落花，阿婆捡回来，洗净、晒干，储存起来，备煲凉茶之用。一年四季，上海人家总是花茶不断，这全是因为上海阿婆有颗珍藏季节落花的美善之心。

每次季节转换之时，均有落花。这个过程，结束了之后，会有一段长长的留白期，由繁茂的盛夏浓绿覆盖，引人遐思，只是在落笔拾掇心情时，就时而会见着一些落地的白玉兰，——无意之中，我也做了一回拾落花的阿婆。

坐在略有弧度的观景窗台前，将两边的窗帘撑开了一些，窗景开阔，细雨均匀地洒在桂树上：我知道，这是在刻画江南之秋，细致的静了，仿佛有细细的桂花落地的声音。

苏州河边，夹竹桃的花，也落得深邃，沿岸溯行，风景与花殊异并行——我们的确已慢慢接触到人生的中游，只是，中年女性的心境，不可与人分享。那份花序情思，比起植物之花，多几许婉转忧情。

落花可以斑驳，做人只宜简单。人生其实斑驳，落花实是简单。

宜徽开始学画国画了，她执着毛笔，凝神看老师的作品，然后回转过来，一笔一笔地细描，正像细品落花。新年时，我曾写过一副对子送她：苔花如米小，也学牡丹开。贴在书桌边，她见了，童声读来，有红润可爱的心绪。

女儿的小品情思，是我落笔之时的长篇序跋，想一想，反觉物候所思的确是结实有趣的。

落花再美，也是短篇，也是尺幅，均不成人生的壮美——我只是搜寻不同的材料、物象，遣词造句，表达一份自己的情感，我把这些缤纷物语，当作自己对线条、色彩的敏感，来绘饰一份心情而已。

# 夏至闲居

夏至未至，消夏的心思却渐浓了。买了一些花，随手养在一个陶瓶里，过了几天，竟然慢慢抽出新的花蕾，并且绽开了花朵。

陶瓶是一位陕西友人送的，是出土的元代古物，造型线条流畅，有元气凝神之美，而鲜花是时令的东西，古朴与典雅搭在一起，细细的甜香于室内萦绕。

上海人爱买花。逢年过节，街头常见有卖花的，从虚无的热闹处散场回来，于居室内沉思，正是瓶花提供视线转移的什物，让偏爱闲居的都市人由不得要起一番哲思。

室有瓶花居处闲，这样的闲情，沈复在《浮生六记》里面演绎得颇为精妙情深——

余闲居，案头瓶花不绝。芸曰："子之插花能备风晴雨露，可谓精妙入神。而画中有草虫一法，盍仿而效之。"余曰："虫踯躅不受制，焉能仿效？"芸曰："有一法，恐作俑罪过耳。"

余曰："试言之。"曰："虫死色不变，觅螳螂蝉蝶之属，以针刺死，用细丝扣虫项系花草间，整其足，或抱梗，或踏叶，宛然如生，不亦善乎？"余喜，如其法行之，见者无不称绝。求之闺中，今恐未必有此会心者矣。

在中国传统文化里，如果说日常生活是一朵好看的花，那么，花茎里一定流淌着文人的汁液。沈复夫妇素有闲情雅致，谈的尽是风雅事。在无意间，读到他们的瓶花对白的精华，凸显了这本笔记小品的美妙之处。想来，两人坐在花木扶疏的回廊，一如情人知己间，谈及瓶花，脉脉相顾，依依流连，一派安之若素的神情。浮生里的日常，需有那清幽不绝的瓶花支撑，才有会心的兴味。

对工作紧张繁重的上海人来说，闲居是一个梦，案头那瓶飘着芬芳气息的鲜花，是让人得以闭上眼睛做这个梦的寄托。瓶花作为日常生活中风雅的点缀，顿使上海白领精致的雅趣有了安顿之处。

坐在瓶花前，读书写字，好看的多看几回，沉闷不悦时翻翻，扔下。这样随性的生活，也必得有瓶花相伴才好。上海女孩子的居室里，时而供有瓶花，随四季变换：春季康乃馨，是春明里的梦余；夏季百合，古艳而清新；秋季紫菊，犹如珠玉在侧；冬季蜡梅，给人余梦的滋味。特别是冬天，从清冷的外面回到室内，一股清香扑鼻而来，衬映得人的心情隐隐约约。时间长了，那蜡梅的花头，会落在白色的书桌上，有点繁华落尽的感觉。暗香披拂外，细细地感觉着春意。

去年夏天，从古猗园赏荷归来，将买来的一枝红莲花，郑重地插在釉色美丽得像玉一样的瓷瓶中，红莲姿容美艳非常，瓷瓶清静幽雅，室内顿时没有了盛夏的暑气，再也感觉不到热。让人想起杨万里《瓶中红白二莲》:“红白莲花共玉瓶，红莲韵绝白莲清。空斋不是无秋暑，暑被香销断不生。”一年四季，瓶花不绝，像是从明清小品里绵绵涌出的摘句，清幽动人。瓶花也正像明清小品文，有灵性。这种灵性就是佛性，就是禅的机锋。

文人之中，几乎没有不爱瓶花的。瓶樱、瓶菖蒲、瓶梅、瓶凌霄花、瓶桃花……以花传情、寄情瓶花的古人绵绵不绝，赏鉴清玩，陶冶性情，如张谦德、袁宏道等，都是些风雅燕居之士，他们笔下品瓶品花的专著,《瓶花谱》《瓶史》《瓶花三说》，宛如丰富的案头清供，让人忍不住将瓶花的话题延伸到折枝、插贮等事宜，谈来谈去的，有着小天井里种茑萝的那种淡静风味。

夏木阴阴，把插好新鲜红荷的瓷瓶放至案头，调整好位置，开始看叶嘉莹的《红蕖留梦》，封面上，淡粉色的红莲，静静地斜开在左下一角，像把脸埋在瓶花的气息里，呼吸都清凉一点。听她谈诗忆往，书页里的辞情雅意冉冉浮动……有风动芙蕖的旖旎，也有斜插瓶头的高古。经常看叶先生的书，听她讲诗，仿佛觉得声音里有种温婉如玉的柔和，一粒粒清清爽爽地落在耳朵里，妥帖至极。感觉是在用心体悟着古人的情感，也让我对诗有了更敏感的体会和感动。她的优雅气质，就像一首有着“弱德之美”的词。叶嘉莹释“苕之华，芸其黄矣”一句，说，就如家里插一瓶花，慢慢就变黄了。的确如此，万物之中，给人生命的从生到死，由盛而衰、而落的印象，最短暂，而且最鲜明、最深刻的，莫过于瓶花了。

闲到了极致，便雅到了极致。

也有了充足的时间，去上海博物馆、上海展览中心看看画展，唐伯虎的《四美图》，莫奈的贵妇人，中国水墨山水花鸟画，梵高的印象派大树，京剧人物画作……静静地浏览、在心里反复品味，似乎不敢相信恬静美好得来如此容易。

佛家讲究兰因絮果，瓶花只算得是生活中的细事，并没打算墨笔濡染这一小小清供，只将它作为一个册页写去，在一份静谧的氛围中感受淡淡的清芬。

# 消夏书

如果，不是刻意执着的话，消夏的东西有很多，不枝不蔓，恰好均匀地铺陈于整个夏日：立夏、小满、芒种、夏至、小暑、大暑……

为消夏生活润色成诗的，其中之一是扇子。一摇一合间，划出嫣红或青蓝的曲线，古时的风雅毕现。之所以有这样的联想，是因为我曾拥有过这样两柄扇子，均为团扇，那是读书时，从复旦校园边的古旧书店里淘来的。

羽毛扇、竹木扇、绢帛扇、檀香扇、象牙扇、蒲葵扇……在一堆层次分明、秩序井然的扇子中，我尤爱绢帛制成的团扇。去豫园、西湖、朱家角等地游玩，我都买回过一把把团扇，铁丝做框，以绢糊面，彩带沿边，造型精美，画面别致，上面或绘古典仕女，或画旧小说人物，或饰花鸟虫鱼……中式的团扇，把古典的感性表现得最为彻底，也最为细腻秀气。

“银烛秋光冷画屏，轻罗小扇扑流萤。天街夜色凉如水，卧看牛郎织女星。”这是古时的纳凉图，诗中的轻罗小扇，在我看来，就该是团扇。夏日，时光易于流转，北华苑窗外，香樟树叶在细致秀丽地吹，不紧不慢，与女儿宜徽窗边闲话，然后，教她背古诗，背至“轻罗小扇”一句，非常顺手地，拿起床上的一把团扇，就势一扑，虽没有流萤，但也可以比拟一番诗中情境，拈连出一番古人的兴味。

关于家什一类的消夏物，还有碧纱橱、凉床、竹枕、枕屏、凉席、窗纱、帐中香……仿若夏日里的月华文章，皆安详静气，有淡然的消夏之意，也有圆和的隐逸之趣。

而予人彻头彻尾冰凉的，又数民间什物里那些浮瓜沉李、雪鉴冰盘。

过去人家，院前屋后都会有口井，井里的水，清凉甘洌。每到夏天，买了西瓜，就放进网兜，用一根长绳系上，慢慢地浸泡入井水里，用它来冰镇西瓜，打捞上来的西瓜，甜而冰凉，沙而清爽。

冰雪爽口之物，用于消夏，这种逸兴圆和，有种风俗化被薄薄地摊平了的意味。在读过的古书中，记载得还有很多。我较为喜欢的，多是些气清之物。比如,《武林旧事》一书所记的紫菱、碧芡、林檎、蜜渍昌元梅、木瓜豆儿、水荔枝膏、水团、麻饮芥辣、白醪凉水……对于我，都是新鲜难见的东西；还有《东京梦华录》，里面所说的莴苣笋、金杏、小瑶李子、红菱、水晶皂儿、细索凉粉、江豆栗儿、羊肉小馒头……美食滋味，诗意均匀。一为杭人消夏时的美食，细腻秀丽；一为都人避暑时的饮馔，质实厘清；将两书相交部分和合，就成一部消夏饮食单。

古人消夏，有种苦心经营的不在意。

我正在玩味着其中的细节呢，宜徽已经捧茶而至。我为今人，于消夏饮馔方面，没有古人那么多的雅好，只以布衣情怀，于灼灼之日喝杯清茶，以解暑渴。

实际上，消夏之物，最该一提的是茶。茶在我的消夏时光里，较为清和、沉寂，属于微光，但却优美、通感，引人回味。

读书，也可与古人接气。古有六月曝书一说，其实，夏夜长白，读书恰好，可以从闲从静。这道理，周作人也是识得的，他的《药堂语录》一书，简而又简，颇合消夏时读。在《销夏之书》一文中，他说："大暑中从名古屋买到一包旧书，书有三部，都是关于图画的，颇可销夏，但因此也就容易看完。"他买的书为:《集雅斋画谱》《彩画职人部类》《桐阴论画》，是画谱、风俗绘卷、论画之文。这些与画有关的书，集在一起，仅从字面上去看，就很有画感，在暑天来读，宜于凝神。

二〇〇八年，因为工作地点的变动，离上海图书馆极近，一个夏天，我都去那里借书、读书、还书，小心翼翼地于书中遣词造句，消磨时光。我查了查日记，整个夏天，借的书有《叶赛宁诗画集》《雪宧绣谱图说》《十里红妆女儿梦》……以画配文的较多，现在回想起来，里面有快乐的贞静时光。

上海的四季，夏季极具扩张的才气，将势力范围绵延覆盖住暮春与初秋。起笔时，有些漠漠春阴，收笔处，又有新秋的桂香；

在扩张与自控之间，给我的感觉颇为尖锐、硬实，幸好，有这些消夏什物，安详静气，以微薄的力量，改变着季节的形状、质地、色彩、气息……夏季虽显缜密冗长，但却被以层递的方式分隔开来，空间趋向世俗、琐碎、疏阔、柔软，就此不再坚硬，也不令人畏惧。

# 多丽之秋

秋风渐起的时候，衡山路上会有梧桐落叶，金黄色的慢慢铺陈起来，像颜文粱油画里的那种暖色，很密，很软，软和地踩上去，有些让人心里踏实。

买来的杜鹃花与太阳花，不到一周即谢了。没有花的日子，再浓的闲情也显得枯淡。旧花才谢，新花即添。靠阳台的地方，一盆兰草，一盆文竹，养得清绿碧爽，一撇一捺，有一股清新不迫的韵味，它们的文风，倒是简单安适的。

已是寒露时节，在感觉上，不由得蒙上了一抹冷色。给母亲发短信，告知她需及时添衣。天也确实有些冷了，夏衣全都收藏起来，即使穿过膝裙装，也必得加一条较厚实些的丝袜，以免腿部受凉。铺盖也全都换掉。早晚都有些冷了，窗外吹来的风，有着冷冷的秋意。

午后去一位李清照研究学者家里，坐 836 路，在徐家汇下。原可再转一路车，坐两三站即至。看时间尚早，就从太平路慢慢踱步过去。衡山路、康平路这里，曾经工作过一段时间。那时是夏天，颜色是新绿纷呈，现在的色彩是沉郁的。湖南路上，隔离出来的一个院落公寓楼房，有岁月沧桑感。楼上露台晾晒的几件旧衣衫，在微风中晃悠。老房子都是有魂的，给人灵魂安静的归属感。

和吴慧娟老师一边品火龙果，一边谈些学界琐事。吴老师为上海大学教授，是研究李清照词专家，声音柔软滑糯。她叙及少年情事，说就学时，她崇拜沈祖棻先生，一心要在词学上有所成就。看吴老师室内，几大排书柜，以及深藏在角落里的书，案几处，又堆垛有几许。密密匝匝排满书柜的，全是词学类研究图书。吴老师寄托词学，不是流连光景。多年过去，她已成为一个鲜霞风致的女词家。她成家晚，其中没有香艳的故事，只有追慕大家的古艳情怀，以及秋风明月下的些许清雅文思。她几十年如一日，以清冷优雅的姿态，将世俗的喧嚣婉拒门外，让人敬重。我喜欢她那犹如秋菊般淡雅的性情，有的学者自视甚高，不屑与常人亲近。吴老师没有这毛病，得人喜欢。她历数旧事的来龙去脉，有着纷繁缭绕的思绪，我一直存在心里，闲暇的时候，会拿出来品一品。

吴老师将她编的《菩萨蛮》《李清照词集》（导读）等书相赠。回来翻阅，书里那才情洋溢的文采，隐藏着她对词学的千朵向往，也能感觉她作为女词家疏朗的魅力。

我很喜欢李清照的《多丽》（咏白菊），吴老师送我的书里，正好收有这首词：

小楼寒，夜长帘幕低垂。恨萧萧、无情风雨，夜来揉损琼肌。也不似、贵妃醉脸，也不似、孙寿愁眉。韩令偷香，徐娘傅粉，莫将比拟未新奇。细看取，屈平陶令，风韵正相宜。微风起，清芬酝藉，不减酴醾。

渐秋阑、雪清玉瘦，向人无限依依。似愁凝、汉皋解佩；似泪洒、纨扇题诗。朗月清风，浓烟暗雨，天教憔悴度芳姿。纵爱惜，不知从此，留得几多时。人情好，何须更忆，泽畔东篱！

好一幅清芬蕴藉的淡彩仕女图，白菊小楼，宛然是她的心安适所。——不由得想起曾去过的漱玉泉：章丘的秋天，景象多丽如斯，朗月清风，浓烟淡柳，中间有一股清气贯通流行。泉水清幽动人，涌出数不清的水泡，缓缓浮上水面，似珍珠滚动，红鲤游弋其间。因为游踪匆匆，没有细赏，那院落里，应杂有她词作中所咏的江梅、桂花、菊花。时人向以桂花拟李，其实词人写菊之暗香，也自清芬可爱。她的《多丽》一词，就简约明晰，是用女性的细腻感受，加上了一个理性的坚硬质地。多丽多丽，我不由得多读了几遍，眼前似有一片素白出现。

周日无事，临白石老人的菊花，画完后，心正自欢喜，却又画蛇添足，添上了些许红色，后来发觉颜色过于迂滞，还是白更好些，如那红楼女子探春室内，总会插着一囊水晶球儿的白菊，更显清爽。其实，我对菊花并不算太多喜欢，全是因为父亲，才渐渐对它有了更多的关注。到了秋天，晚风轻吹，寒凉顿起，总要捧一盆菊花回来，自不是什么名贵品种，但这花是星星点点的意思，使屋里清雅许多，也使室内的季节，有了细节的渐变。

一边细细观赏园内的菊花，有的已漫过窗头，自成一片风景。这是一份细活儿，全是他闲暇时分手栽的。父亲心中，一定暗藏有千朵秋菊，也曾绽开于许多细微的地方，其中的意思，实在回味不尽。然而我年少不更事，没有留意。多年过去，那饱满的场景，宛若旧时什物，在岁月的浸泡下，呈现出类似包浆一样的光泽，烂漫和重。

微物总有隽永之味。

古人中，咏菊者以陶渊明胜出;《古诗十九首》里，“馨香盈怀袖，路远莫致之”，咏菊也极是有味……古人谈菊花，尤其像陶渊明那样儿的，更多是谈心境，隐喻人生。唐寅也谈，才子笔墨，吐幽情怀是有了，但文字内敛霜意，没有了那让人追想的狂放不羁。怀想古人的咏菊情怀，亦如怀想父亲。

这种怀想无边无形，是素白色的。

金风细细时节，去杨浦区的共青森林公园看菊花展，一派繁花锦绣，是最美的秋意。风吹过，一阵清雅的芳香袭来，像琴弦上的最后几个余音，渐渐地淡了下去。再一阵风吹过，有一种沙啦沙啦的声音，让人的感触也有些沙啦沙啦的。

细算浮生，已是中年，如此想来，不免也是，“秋已尽，日犹长。仲宣怀远更凄凉。不如随分尊前醉，莫负东篱菊蕊黄”。只是不知今日的秋思，明年会落至谁家？远远看着那些赏菊的人，自己却是融不进这一团热闹里。走在回家的路上，路边的梧桐树叶已经快落光了，只有油画般的色彩，淡淡地涂抹着这天色，是掌灯的时候了。

# 秋尽

古人常说秋尽。这是一种文气的说法，也是对秋静观后的简述。

净手，沐香，拈一枚黄澄澄的橙子，缓缓剥皮，露出深婉不迫的经络。于庭院闲坐，看梧桐叶一片一片地落，枝丫高挺处，剪影出越来越淡白的天色。慢慢玩味此词，觉得深秋的粗质纹理，倾情呈现。

春华夏实，历尽这两季的繁荣之后，一切的情绪、愿望、心境，走至秋，便都尽了吧。这是季节的一种减法，也是在理的。而冬呢，并不欲做秋的简单延续，而是色质分明，斩截接过那绵延而来的寒凉，继而去孕育、萌芽，新一轮季节的欲念。

古人向来对季节持有一种敏感，吟诗赋词之余，对四季的表达也颇为讲究，既有理趣，也有诗意，值得细品。比如春三月，就有桃月、桐月、蚕月等雅称；夏六月称为且月、荷月、伏月……其他相关的节令、物象、代称，也都雅洁，富于深意。于今理解，实是需用些才气的。我是才力不足，只拈得来秋尽一词，浅意斟酌点儿自己的看法。

沪居十几年，在这座城市，所见着的秋，也有些了，若即若离，左右着情绪。入秋后，绷紧了的阳光，被凉气一浸，便松软下来，有凉和之意。若伸出手去，向左划弄几下，又向右划弄几下，气会顺着五指间滑过，凉阴阴地。白天还是那样，日头有些暄暄的，衣服稍穿厚些，会热，有些罩不住。站在街头，看流景，天上的云，有种简洁的阔大，自顾自地，一朵一朵地开合，拥簇着两边的高楼。这是一天之中，最为丰神俊朗的一笔。

这样的秋，文风是缓和的，稳妥匀实地描画着都市之秋的风高云清。

但是，上午十点之前，下午三点之后，交界之处的气温轮廓，就显得一笔一画颇为鲜明，有明显的线条感。尤其是早晨，欠手欠脚地出门，周围的楼房、树木、栅栏、灌木丛，都有些瑟缩、面目模糊，在清冷的空气里晃荡。忽然，一股冷气哈在脸上，轻轻虚虚地托着人的脸部，慢慢稀释开来，给人一种要变形的感觉。路上，见着一条长尾巴的白猫，和一条短尾巴的黑猫，躲在灌木丛中，斑驳柔软的身影，细致描绘出树丛的轮廓。下班回家，从小路绕道走，便见着了银杏树叶，铺满一地，明黄、纯净，犹如经卷，被稀淡的夕阳的阴影笼着，也是凉实的，隔离出一个小小的空间，仿佛是秋天的一阙好词。

秋天读词，可让人神清目和，富于秋之高旷气息。偶尔翻着了清真先生的词集，卷首一篇《少年游》打动了我：并刀如水，吴盐胜雪，纤手破新橙。锦幄初温，兽烟不断，相对坐调笙。低声问向谁行宿，城上已三更。马滑霜浓，不如休去，真是少人行。

我以目和词，读到“马滑霜浓”，便停下来。“马滑霜浓”，该是深秋了呵。千百年前的秋，富于霜意，仿佛，有淡白的秋光投影下来，将秋尽私语的深浓情怀纤毫毕露。词人对季节的理解，态度成熟，表达上亦简洁而典雅。在深秋时玩味起来，有情有致。此词洗净了爱情词作中常见的脂粉儇薄气味，也洗出深秋季节的阴静微凉。

秋尽，这个词，就给我阴静微凉的感觉，但又沉郁优美，略显深褐色。

深秋的吃食，也是有颜色的，有着沉沉的暮色气息。周日，路经大华新村的新沪路，看见有人在卖新乡板栗，油光黑亮的粗砂、紫灰酱黄的板栗，在黑色敞口的大铁锅里，风云际会，翻滚一处。忍不住买了一些，剥壳，露出深黄的果肉，熟香味一漾，便以最微小颗粒的形态，在空气里移动……还有深青色的螃蟹、酱黄色的铜盆柿——这些时令佳品的底色，因为季节的缘故，趋向熟褐、青灰，大大方方地衬托出一个成熟的秋。

生活在水汽颇重的上海，因忙于谋生，吃食之于生活，这期间的比例，分配得还不很均衡，但有了它们，秋季的日程便有过渡，略显不紧不慢，如一缕一缕扯掉的黄橙经络：白露徜徉而来，接下来就该是月明之中秋了。然后，寒露、霜降，秋就尽了——在朋友家，手剥黄橙，抚着粗糙的白色橙瓣经络，对“秋尽”的理解，又多了一层体悟。

去秋，得李叔同孙女摹祖父的一幅字：“静观自得”，条幅雪白宣纸上，密度极疏，一种枯索沉寂之美，亦仿佛秋尽。李叔同曾写有“华枝春满，天心月圆”，他后出家为弘一法师，人生删繁就简，是真正的历经春夏繁华，步入恬淡苦修之境。

中国文人的苦修，它的本质是孤独，并不需要做过多阐述。与对秋尽一词一样，我无法做到用繁笔，去一笔一笔地细描，只是用简笔，淡墨写意地，截取一段场景，取一个轮廓，来体味它内在的意蕴。

还是深秋。窗外秋雨滴沥，大有摇落之感，似可仿着郁达夫，写一篇秋霖日记。有朋友发来短信，告知他那里落雪了，并说：“少年敞头淋雨，中年撑伞避雪！”见了，是略微停顿了一下的。北方已落雪了。可上海，还是那样，琐琐碎碎地，落雨。这是沉着的秋了。今年的雪，下得如此早，越季而来，敏捷地截住了秋的边缘，让人愈感有秋尽的况味。他人还是青年呢，却也欲越季而来，体味中年滋味，并不知，中年其实是不可承受之重，人生便欲做减法，一点一点地减，将少年敞头淋雨的快感简化为撑伞避雪的淡实——中年心境不必敞亮，也无须附和古诗词意境里的哀愁；中年是没有淋漓的承诺的，只有秋尽之后的无言。

如此，再去想秋、念秋、忆秋，有种将无边无际的阔大，做简、做小的笔致。这种小，是天地之间的那种小，小至只需体味一个词——秋尽。

# 腊雪帖

上海的冬日，几乎一半全是冷雨，阴湿得让人无可奈何。

冷雨落下来，一开始不大，打在雨篷和梅树上，淅淅沥沥的，很入梦的声音。

小区楼下，有三株蜡梅，淡黄色的花萼，保持着开放之姿。蜡梅花开，香气越来越绵密，直浸到梦里。蜡梅的花形细小尖狭，是那种紫心的狗牙蜡梅，这是蜡梅品种里头最次等的，香气甚微，花形、颜色也不好看，但却给人清雅的印象。已近年关了，可雪一直未下，我有些担心，这个冬天，蜡梅要空负一腔情怀了。

有一种说法，当一个人喜欢雪，喜欢梅花，这个人一定老年已至。我少年时就喜欢雪，现在也是。梦暖雪生香，雪与梅，是清雅的搭配，幽微淡远，往往情怀别具。白雪红梅搭配的那份纯洁的诗意，久已疏离，让人怀想。只是惜花的情愫，心仪的那份雅事，却又有几人能知呢？

中年的岁月若烟若雾，人，对于季节的那份敏感、那份珍重，落实在雪上，不免颇具分量。前时，和母亲通电话，说家乡的雪好大。我提醒她要少外出，她摔过一次跤，腿骨折过，曾卧床半年。雪天，于她并不是好事。但是，能听出，母亲对每年都会有的普降之雪，仍持惊奇之心。

家乡之雪，与记忆里的童年息息相关。童年的雪，也厚，厚得让人惆怅。曾经，踏着小区里薄薄的雪痕，我对女儿比画说，嗯，那时的雪，是可没膝的，脚踩上去，是会咯吱咯吱叫的。女儿听了，一副迷恋神往之情。而我呢，却不免感叹，天真童年，早已随岁月咯吱咯吱地去了；人近中年，对雪的怀念，也深可没膝了。

久居上海，仍留一份雪意，淡墨一般，皴笔点染在心间。常常会是在初冬之时，就开始惦记着它。一年，也就这么一次吧？轻轻地来，圆了一个梦；轻轻地走，又留下一个梦。相比风霜雨露，雪，更具梦幻气息，宛若淡墨轻岚。想起鲁迅先生曾在《雪》一文中描述过，“江南的雪，可是滋润美艳之至了”。上海，怎能少得了这样的气息呢？

又从电脑里，调出张岱的《湖心亭看雪》一文，默默地读——雾凇沆砀，天与云、与山、与水，上下一白；湖上影子，惟长堤一痕、湖心亭一点与余舟一芥、舟中人两三粒而已。张岱的《西湖梦寻》，像一幅旧藏的瑶草雪山小幅，富于灵气，大雪冰封了江南秀色，寒山孤舟，烟水灵空，正是张宗子先生文字里的意境。

可这种淡泊情怀，与现实生活，却显得不协调——报上说，因天暖，催得有些花都早开呢。对上海来说，这样的城市，怕是要与大雪无缘了吧？

每天上班，坐在电脑前，均接收很多外地邮件，可整整一个冬天，都少有人问：上海下雪了吗？有朋友，提到了苏州之雪。我知道，苏州是早就下雪了的。比起上海，苏州对气候要敏感得多。可，那片素淡悠远，毕竟不属于我。我还知道，周围的许多城市，也都如苏州一样，纷纷落雪了呢。可上海，依旧迟迟不落。在江南的这片阔土中，上海，是否最后一座落雪之城？

已近中午时分了，起床，见窗外天色很淡，雪花纷扬，雪，终于落下来了。从窗外望去，树梢、屋顶、院落、灌木丛、栅栏，皆有雪痕，这时的阳光，是被遮蔽的。空气稀薄，成了形的雪花连片飞舞，有些荡气回肠的。这种气息是好的，符合我松软内心的需要。如果天放晴呢，白雪红日，不知该怎样的耀眼，便有些让人累了。

看到雪，第一件事情是，心中感觉有雪粒子窸窸窣窣。江南的雪亦柔婉多情，姗姗而来，落户都市。鲁迅先生《雪》中说：“朔方的雪花在纷飞之后，却永远如粉，如沙，他们决不粘连，撒在屋上，地上，枯草上。”腊雪时节，偶尔读到这样的句子，心情也如雪一般的晶莹，有些写绮语小文的情致。

窗户上都不用贴窗花，到处开满了菊花，淡淡的，倒雅致起来了。知道外面在落雪，心慢慢安静下来，让它在那儿绵绵铺叙。回至屋里，静静地把一位作者的书稿看完。完后，去梅花处照了张相。写梅花的诗，我喜欢王冕的“朵朵花开淡墨痕”这一句——梅花，算是有了解风情的对象。

冬年腊月，几位朋友发来信息。孙德华老师的一条，是黄庭坚的《舞鹤赋》，点击开来，细细欣赏了一下：米芾的这幅作品，可谓空前绝后，手机屏幕上，像是蓄足了劲，泼泼洒洒，密如白雾弥漫。跟在后面，一笔一画地描摹了一遍。那些墨迹由细碎而成片，如雪花蓬松松地积着，以写意的方式搭配，而且互为一幅水墨山水的背景深处。我知《快雪时晴帖》，却不知《舞鹤赋》也写得这般逍遥、快意。还收到词人庞坚的新作——《水龙吟·癸巳新年即至书感》：

一笺如雪莹莹，几番重写滋兰句。低徊拄颊，天涯云树，海滨鸥羽。迎岁辛盘，宜春雅帖，童心谁侣？但逢辰总会，啸长歌短，人间梦，知何许？漫道腾蛇乘雾，又争堪、红尘如怒？（近时雾霾甚重，为可忧也。）神山缥缈，仙壶瑰谲，纵心来去，检点还余，忘机襟抱，惜花情愫。料冰娥自解，孤光分我，到浑茫处。

这个真是宜春的一副雅帖。庞坚是位编辑，他从钱仲联先生学词，是少有保存古风的词人。他的词意清爽素雅，白描温润，寄托深远，不是流连光景。不俗文章易得，不俗之人难求。他写的词是有仙品的，现在能写出这样四言八句一类文绉绉的东西，算是中年才俊了。翻阅他的《漱碧斋诗》，这本小册子，由西泠印社印制，封面正是几簇绽放的梅花，清冷雅致，宛若文人书房阶前的花影。在大俗大热的一堆书里，这本词集也许很容易就被淹没了，唯有词人的雅人深致却始终泾渭分明。

这样的季节，回忆的影像，多是清淡的、怀旧的，就像上海之雪，散发得也多是素淡怀旧之气——人近中年，心境已变得十分清淡、悲欢，经历得也多些。年复一年，游子的印痕，也像这雪一样，渐渐地能存得住了，但又多是些淡墨，只微微地显着。

# 一枝梅

从北海道旅游回来，已年关将近，江南的雪也止了。朋友圈里已经有文人在书红，不过是一些讨彩头的对子，“梅花独占一枝春”“万朵梅花迎春来”，大红洒金宣，浓墨书写，字端句正，喜庆红火，正是传统文人的书风。

中午去南京西路办事，外面的残雪还有一些。上海的年味平静、细致地体现在每个地方。梅龙镇酒家、静安新邨、功德林的门楣悄然挂上了红灯笼。大光明电影院亮起“新春快乐”的招牌；金门大酒店前的罗马柱用艳彤彤的大红纸拦腰裹起来，拉着“恭贺新春”的横幅；广电大厦前竖起两个大标牌，一是小年夜洋春晚的广告，一是东方卫视群星新春大联欢的广告。新世界正在搞百年店庆，大红的彩棚搭了起来，商厦里放置着金光灿灿的发财树。角角落落里，还点缀着一些粉红梅枝，描画着新年的意思。只是相比圣诞节的狂欢，这点迎新的架势还显得有些矜持。在娱乐至上的年代，商家辞旧迎新的手段毕竟浮躁，缺少古人对新年的那份虔诚、庄重的仪式感，年味便与今人心灵渐行渐远。

王家沙的点心店已经排了条长队，等着买年货的人自然而然地多了起来。来上海这么多年，我也渐渐爱上那些具有古早口味的老上海点心。蟹壳黄、老虎脚爪、油墩子……看似平淡，实则精致。不过，吃起来毕竟有些油腻。幸而还有梅花糕，清雅隽永，令人回味。

有位作家拍了一张照片，一座古典风格的庭院，一瓶红酒搁在棉花团般的雪地里，琉璃世界，红酒白雪很有意境，如同雪地见红梅。

俗语有云:“插枝梅花便过年。”其实，过新年我最想插梅花——青花梅瓶里，蜡梅吐着寒香，有着清静和适意的清凉，新年的气息会更浓。

梅花是木本，插梅花相对容易些。养梅花应不是易事。遇到一位养花高手，有三十多年的养花经验，看她存在手机里的相片，两百多盆花，家里被整饬得如洞天福地。顺便请教了她一点关于家养梅花方面的知识。

梅花能不能种在盆里？盆栽梅花怎么浇水呢？

梅花种植、开花是在什么时候，需多长时间？

梅花会长多大？

她一一回答了我，尽管是业余闲情，但专业素养却让人佩服。

她说，其实养花不容易。百分之九十的养花人难有那份耐心与细致，所以也很难养好花。她三十多年花的时间与下的功夫非一般人可为。养花是一份心境，也是一份修养。养梅花更是如此，养出一份清气来更难。

我以前住的楼下人家，植有一两棵梅树。有年春节我没有回老家，晚上熬夜看电视，大清早醒来，被一阵噼里啪啦的鞭炮声震醒。在家乡没经历过这阵势，原来上海的风俗，大年初五迎财神。下楼去看，地上的红纸碎片铺了满满一地。可惜了那梅树，烟熏火燎破坏了那份清雅的气息。现在禁放鞭炮，梅树肯定不会再有这份遭遇，也是一桩幸事。

上海赏梅的地方有很多。植物园、世纪公园、真如公园、古猗园、顾村公园、南翔老街、醉白池公园、方塔园、共青森林公园，都有上好的梅花可赏，百年树龄的蜡梅也有一些。古猗园内有多株梅花，多为素心梅、罄口梅，集中在梅花碑廊、石斋南侧，曾经去游过，随意看那一朵朵梅花，都像是新年的结绳记事，书写着一份冬季心情。

有诗人发来微信：墨梅清气，守心如玉。文绉绉的，让人体念到一份诗心。今年过年可以期待的是，继续刷微信、抢红包、看朋友圈里的梅花。有位北京的画家画梅花扇面、钤一枚“梅花知己”的闲章，发在朋友圈里，梅花开在小小的屏幕上，一股清气弥散开来。电子科技时代的文人，也逃不过这新年一枝梅。

新年时节，这座城市的外地打工者如烟花般渐渐散去，唯有梅花静静独放。我在回老家过年的途中，期待着养花高手能发一张梅花小景给我。

# 新年的龙华

虽是旧历年底，却是小春天气，不冷，就穿得少些。里面是件银底云纹旗袍，外罩米色收腰中长呢服，头上绾个发髻，打扮成素净妇人模样，只有垂在胸前的红围巾，波折透露出新春的深度。将刚买的《异乡记》，放进黑色小皮包里，坐 112 路，至南京西路，转 42 路，去龙华。

新年的龙华，不算太热闹，更没有青草粉桃的江南景致。四周，一些徽派建筑风格的店铺，有点古朴的虚淡之影。开张的，就忙碌些，有一些，明显是关门，回家过年了。更多的，是一些待拆的迹象，颇显破败。十年前，我来过一次，那时龙华老街，还有繁华旧影的底子，晃眼一过，隔了这许多年，哪有艳红不褪的？世间白云苍狗，竟变幻如斯啊。

过街，是龙华陵园，边上的门店，依然有菊花、康乃馨在卖。红、黄、白三色，缭绕出一种庄重素意。做学生时，系里组织扫墓，曾来过这里。记得，和复旦研究生韩元一起，她是研究现代文学的，买了束白菊花，两人肃然地，穿过多级台阶，去寻一位女烈士，将花献在她的墓前。现在，却都淡远了。只有暖阳，结实有力地，穿过略呈三角形的胳膊肘儿，让人心境写意不成。

陵园前，有一些乌黑小贩，脸上有岁月的细碎霜意，守着挑担，卖粉红玻璃纸包裹的香烛、银色锡箔纸扎成的元宝，以及花花绿绿的爆竹、烟花等。时而，有穿大红羽绒服的妇人，带着也一身喜气的孩童，庄重走过，不断刷新这新年的介质。过马路对面，摊点前，摆有各色兔子灯：白塑料、紫水晶、黄塑料、蓝水晶。这年是兔年，自然这个销得紧俏。一扎彩色翘角小辫孩童，走到跟前，被兔子灯嗞嗞转动的响声，一波一波闪烁的霓虹吸引住了，不肯挪步。

边上，是一佛具店，名锦盛缘，里面除有一般佛具供应，尚卖有酸木枝佛龛、红檀供桌等，价格不菲。旁边，有一古玩玉器店，是一家老夫妻店，两位老人，风干福橘似的脸，气息沉静。店面狭窄，显得逼仄，进去，转了一圈，有些抹不开身。而另一边也开一家玉器店，因是年轻女子经营，气息就温雅些，店里多有香包、葫芦、瓷器、玉器等温润什物。

店门口，筐内，摆一堆形制可爱的小葫芦，撸一把，会发出“咕咕噜噜”的声音。

小葫芦怎么卖啊？我对这些憨态的小东西产生了点兴趣。

二十元一个。我拈了拈，风水小葫芦，色泽栗黄，形状像蚕茧，适合手中把玩，若摩挲时间久了，会起包浆。

这些还可以做小挂坠的，挂在包袋、手机上。店主看见我背的小黑包上，有个可爱猪的小玩意，提醒说。

想了想，虽是吉祥玩意儿，但不算便宜，还是放下了。

斜对面，就是千年古刹龙华寺。见古庙大门，黄墙灰瓦，翘角飞檐，有古时凛然盛意。花十元钱，买香花供券进寺，领一炷香，向里走。庙内香火缭绕，善男信女，也渐渐多起来了。庙内殿堂众多，有大雄宝殿、钟楼、鼓楼、大慈大悲殿、三圣宝殿、观音殿、龙华十方殿等，均有回黄转绿的纷纭颜色。佛像也众多，豪气纵横竖立着，均显妙相庄严，比较炫目。檐廊下，多挂有一排疏密适宜的小红灯笼，将新年的气氛情境写实了。

罗汉堂上有“福田花雨”几字，镶嵌于此，与这新年气氛也是适宜的。殿前天井，熙熙攘攘，均为虔诚求福之人。人多，有些杂乱，却并不拥挤。参拜礼佛的心思，参差不齐，精神幅度却是一样的。有的朝空祷告，有的弯腰深拜，远望过去，风俗绘卷，也不过如此。大多为中老年人，也杂有青年男女与孩童。有一年轻女孩，戴白底黑点的圆帽，尖成玉兔的可爱趣味，与穿深咖啡羽绒服的青年男子，隔着门，向庙内的千手观音合拜，面容虔诚，神情微妙。有一面色素净老妇人，穿紫底宽松过膝棉服，在炉前，半蹲，弯腰，将银色锡箔纸钱，一枚一枚，快速投入其中；另有面容亲善老者，站立一边，高高举起手提袋，则将锡箔纸钱，哗啦全部倒进去。再隔开些，地上，摆有若干莲花小蜡烛，精致地烧着，用一种微型的光和热，温暖着行愿祈福人的内心。

行至庙后，人少。看到一款陈从周在牡丹阁上的题壁：华枝春满。什么花？桃花吗？看四周，周旋歌中，曾经明艳过的，龙华的桃花，并不曾见。倒是有梅树两枝，在后厢，静静打苞，将庙内的春色，分匀去一大半。

出门，庙外，近龙华塔边，有一株泡桐树枝节高挺。不远处，有双狮楹门的古迹，静静矗立着。

坚实质地的古庙，是值得我们一再去的地方，因为它的精细、坚持，善于雕琢，也因为佛的久远、神秘，利于人的信仰，有个坚实质地的依托。

再环顾龙华四周，除一方尚显低矮的天空外，全是渐起拔高的楼宇。有朋友说：上海是座寸金寸土的城市，生存不易。龙华也是。周围的高楼，已经让我的所思所想不能舒展，只局限于这方寸土寸金的古朴之地。

我把香花供券夹在那本《异乡记》里，对于独在异乡为异客的人来说，这座城市也确实永远让人充满了异乡感。

第四辑 >>

# 四时滋味

SI

SHI

ZIWEI

# 春天的马兰头

春夏秋冬四条屏，四季只是个取景框，以此为轮廓半径，可以结构进来的什物，有着被搭配好的鲜明简洁：马兰头，该是春季条屏里，颇为素洁清淡的美食风景。

我在春天里出生，对春天里的什物，就明显有好感。春天里的马兰头，说出这句话，野蔬植物谱里，延伸过来的嫩绿与茎红，有种突兀而起的明媚感觉，一点一点，鱼丽而过。

有回去香雪海赏梅出来，见有人用自行车载马兰头卖。这是我初到上海时，接触到的最早的江南野蔬。马兰头传递出春天的气息，比梅花还显得清雅一些。

复旦国年路上，开有一家柳林饭店。当年，和朋友在那里吃饭，女店主着碎淡花衫，为人热情，弯眉微笑，有推广江南美食的修辞立意，看出我们是初来乍到，就顺手拈来，推荐一道江南凉拌菜——马兰头拌香干。

“凉拌香干啊。但，马兰头是什么呢？”我犹犹豫豫，第一次听说马兰头，不明就里，感觉颇为好奇。

“是江南的野菜，很好吃，吃了，你就知道了。”女老板的笑容里，折射出江南女子的淡定气息。

一个白瓷细碟里，马兰头绿意微微，香干碎碎离离，二者混搭，堆成一座小型叠翠的盆景。暮春的光线，将店堂描摹出一幅安详的画面，很有些写实的味道。吃完后，我就记住了女老板。以后，每一提起，就称她为柳林女子。

不及一月，国年路小吃街改成教工食堂，柳林女子就如江湖女侠，隐身而退了。

后来，想写一篇小说。小说的开头，就是这家柳林饭店和这位曼妙的江南女子，她重出江湖，指点格局谨严的江南美食。只是文笔不精，小说没写成，马兰头只成为断简残篇里一道美食。

这一章，很像是初来江南之后美食的一个小序，一个小小的段落。江南美食，开篇如此清淡，下文注定走的都是清淡的路数。马兰头，用那紫红色的根茎，为我的恋江南，描下了工稳的一笔。再多的美食心境，也只是顺着彼时的轮廓，一圈又一圈地复制。

白碟瓷盘里的马兰头拌香干，我识得；菜场里售卖的红茎马兰头，我识得；长在田野里的马兰头，我却不识得。

共青森林公园里，有许多成人在弯腰低头挖野蔬。他们审美野蔬的姿态，近乎虔诚。

“现在，还有人会挑荠菜吗？”我见识浅陋，只在简单的语境里打转，以为可以挖的野蔬，只有乐享在儿童游戏里的荠菜。

“不是，他们是在挖马兰头。”游人语气里有股江南人的自豪。

现在回想起，依然觉得，这是春天最为诗意的举动，也是成人缅怀自然的一次诗意升华。大自然才是锦心绣手，让人向往，让人回味。

手头，没有马兰头的资料，也懒得去翻书，上网查了一下。马兰头，又名马兰、马莱、马郎头、红梗菜、鸡儿菜、路边菊或田边菊，南方民间叫鸡儿肠，四川叫泥鳅串等。属菊科多年生草本植物。资料查完了，有一种引用的流畅快感。原来如此，这一小段资料，由简至繁，次第地安排着我的心境，犹如闲时赏花，有着简单日子里的诗意与升华。

江南美食，隐隐约约藏有无限奇事。

去一位阿婆家，屋里放着音韵缭绕的佛乐，还有淡淡的檀香。一位吃斋信佛的老太太，坐在宽背木椅上，素衣蓝衫，眼神坚实如佛家舍利，安安静静，在择马兰头。一小朵一小朵的马兰头，在她手里，绵柔成为一朵素净之花，择拣干净后，左手一顺，画个弧形，就落在了旁边的篮子里。俗世的日子里，却有点曲折起皱的佛意。佛法庄严，是为这素净的马兰头，做了铺底。

漫不经心，就到了中年，人生也会有些素斋佛意，就写写散文，也把马兰头当成一篇抒情体的散文诗，让它质地坦然地在春天里淡淡出场。

江南的春天，只有绿油油的诗意，没有况味，有了这层心境转折之后，这点儿况味便有了。

# 园林边的点心

来上海后，近水楼台，流水写意，横向，纵向地，就游了一些园林，也去了古猗园。顺便地，品到了南翔小笼，一道滋味明确的江南点心。

古猗园属于南翔镇。很精致，很江南的一个园林，明代文人，以此记忆心情，提炼诗意，是在素底子上画彩绘。

南翔镇，以小笼知名，这也是我很喜欢的一道食点。南翔二字，古色古香的，只是顺手镶嵌在小笼上，这一点心，就被赋予了审美性的文化附加值，也改变了美食的气氛、情味，仿佛性灵小品式的一段铭文，让人品着了地域性的美感。

豫园一带，也有南翔小笼。但是，平日里的豫园南翔店，也有过年般的热闹演义，去那里，得耐着性子，排一条脉络清晰、条理逶迤的长队。有海上资深美食家，曾偕太太直奔此处，遭遇这样生猛的场面，颇让他优哉游哉的心情，大打折扣。

从我住处，去古猗园，很方便。风和日丽，带女儿去那儿，猜了半天灯谜出来，午时，在边上的南翔饭店，点了两客小笼。

南翔饭店，古色古香。女儿对饮食人生，有着全情的投入，立刻就喜欢上了这里。她对我的安排，一概不拒，且会及时赞不绝口。虽只是两个人，可也吃得热热闹闹的。两客小笼没吃完，预备打包，女儿不许，她已被南翔小笼折服了，说要努力慢慢吃。并且约定，“下次还来吃”。我游移不定的饮食心情，与她玲珑剔透的儿童食趣，实在有些错拍。

忆起与女儿吃南翔小笼的日子，仍伴随有园林中闪闪烁烁的时光金粉。我已将这客鲜美小笼，删繁就简地，褶进记忆的画面之中。

以前在家乡，我也是爱吃小笼的。闲来无事，有时，自己也会做笼包。家乡的笼包，和江南小笼不属于一个体系，但捏褶子的心情却是一样的。一位医生朋友，吃了，还想吃。家乡的笼包，馅多面韧，个大皮实，和南翔小笼风格不同。南翔小笼最迷人之处，在于有那五湖烟水的汤汁。在用力吸吮那委婉迷离的汁水时，也会品到明代文人的词意吧。园林边的这道点心，是把明文人的日子揉碎了，做成低筋量的面粉，拌了进去，口感软美而蕴藉。

好的南翔小笼，笼口要似莲花微开，褶折也需水纹般细腻。在豫园，我看过满脸风霜的师傅们，手法熟练地包小笼，用拇指与食指，轻巧地拈起皮子，捏进馅，厚实的大手，托着小巧的笼包，不断地调整重心，一道褶子一道褶子地，折过去，非常娴熟。做小笼的师傅，神情有一种简净的凝思。不知他们在做小笼时，有没有想到园林假山掇石法。我一见南翔小笼，立即想到皱、漏、瘦、透的黄石假山。那几许褶子，也很有些皱、瘦、透的意味。若没有这有些细腻、华丽感的褶子，南翔小笼不免会略输文采。

江南小笼，质地均匀地与地域联系在一起，有了历史的深度与审美的意境。南翔小笼、苏州小笼、无锡小笼，美食江南，小笼属于白衣的才俊之士，可以百搭。小笼与园林，放在一起组合，也有起伏的抒情坡度。

江南食点，也越来越多地纳入我的饮食体系。

回家乡，在美食店，我犹豫不决。小笼、春卷、生煎？虽不是食在园林边，但，却仍记着园林边的美食文意。朋友见了，脱口而出——嗯，这些都是江南的食点嘛。颇有言外之意。

将美食回廊周遭绕遍，回过头来，看见的，仍是世俗日子里的美食序篇。

江南美食的点横撇捺，用力颇重，改变了我的饮食习惯。南翔小笼也是。

生活已渐成一个平淡的面，只有园林的艺术，还可以一个褶子、一个褶子地折过去。——园林边，春日迟迟，饮食里的人生，有种哲学上的转承意味，是宜以纵向九十度的视角，来深度描画的。

# 回忆面

面，饮食之大者。南米北面。这种说法，纯属印象式品评，并不能斩钉截铁。因为上海的面食，也是自成一格的。

家乡属淮河流域，是米、面都吃的。我更钟情于哪一方，不宜三言两拍。小时，偏爱米食，年轻时来江南，常奔波在外，吃面就多些。于我的感觉，旅途之中，更适于慰藉肠胃的，是面食。吃得多了，味蕾之上，渐次缓慢，形成一个温和的斜面，很容易地，将饮食趣味引至面处，流线型地泻下。

于我的饮食生涯中，去沧浪亭吃面，似可自成一个段落。犹记初来上海时，常去淮海路，逛街至半，在思南路附近，总会迂回到沧浪亭。进店，点一份双菇面，或者是爆鱼面吧。我已经忘了，只记得当时的心境，是有些儿郑重其事的。而这时的沧浪亭，真像一个凉亭，风过去，雨过去，心情留下来。

近日，和女儿再去沧浪亭，此时，工整的心情有些儿散淡了。如果，把旧日的心境底片朝前移一移，对比之下，就会觉得，色质淡了许多。女儿也偏爱面食，她用筷子挑起面，然后，在筷头上挽成一朵花，用小嘴接着吃，有即兴而来的顽皮，也是一种孩童对饮食全身心的投入，不似我，吃面时，旁顾左右而言他。岁月真是划分了层次的，去吃一碗面，虽仍可墨笔勾勒，笔锋却已由浓转淡。食面的心情，已是春去也。

沧浪亭经营的是苏式汤面，还有吴越人家，也是。但是多年来，我对苏式面却毫无感觉。后来，一位苏州朋友，用工笔细描的手法来说苏式面，才知里面藏有许多讲究。苏式面的汤水、浇头，以及面的做法，每一步操作起来都需依步和韵。陆文夫的《美食家》里，介绍的苏式面，也是如此明快流利的节奏。

美食家，算是饮食旅途中的引路人吧，兼有名士的豪情，在美食的经典常谈之中，给人峰回路转之趣味。

一直以为，北方面食，是大气磅礴；江南面食，该婉约低吟，可与古诗、小桥、雨水、杏花等一搭。可也不尽然。有年秋天，途经昆山吃了一碗奥灶面。此面，有古朴雄浑之意，名字里，就流露有深邃与古奥，里面仿佛藏有旧日的屋宇与烟火。印象里，当时吃的是红油爆鱼面。一坨面，静静卧在汤碗里，山地丘陵般表情柔和，写有前朝的流风遗韵，汤汁自嘴里汩汩而行，像江南的鱼群，无声无息地横向游过，与舌尖畅叙幽情。那碗面，与飞檐翘角、雕梁画栋、庭廊环绕的古建筑一脉相承，尚有风范。

饮食方面，我不惯工笔细描，偶尔写意一下，终究不能源远。江南之面，是该没有庸俗之笔的，或有怀古之风，或有无言之美。我只是作为一名异乡者，于法度之外，找寻一种食者的趣味。

# 白茶缘

在禅茶一味的日子里，如果说绿茶是序，那么白茶就是跋。茶文化的浸润永远是润物无声的，让久居都市的人，心生安静，找回被遮蔽了的闲适。

在朵瓣清新的品茗中，呈现出清晰可辨的福鼎白茶的剪影，让人为之注目。

陆羽说，对岭南茶区十一个州的茶情况不大了解，但“往往得之，其味极佳”——这句话，用来比拟我与白茶的关系，再恰当不过了。就像定焦镜头，忽略一切背景，而将其中的细节一点一滴放大，其中的文气轻轻松松抵达了我对白茶的想象。

在季风书园静安寺艺术店，我买到一本《中国名茶图典》，是中国茶叶博物馆编著的，颇具权威性。我对其中罗列的名茶图录，颇感兴趣。白茶一栏，列有三种：白牡丹、白毫银针、寿眉，清晰而又充满着意趣。这三种茶的产地皆在福建。对我而言，那个地方如茶的幽谷一样沉静，就像把茶史中庞大而繁杂的形式释放掉，余下的，就是一种气息，让人为那一缕茶香情牵。

我所了解的白茶，是先从安吉白茶入手的，这一江南名茶，在茶店随处可见，每次旅游在外，从沪杭高速回来途中，也会偶至茶店，品味此茶一二，并没有留下太深的印象。但是《中国名茶图典》里，却匀出工夫来扩展视野，纵观中国茶的全景。书中，列着的是福鼎白茶，仿佛在汗牛充栋的茶经文献中，假如只允许挑一种白茶来品的话，似乎就是它可以当选。可想而知，这福鼎白茶，在专家眼中，自是才情过人、非同一般。

值得插叙一下的是，我与福鼎白茶有缘。二〇〇九年，我去福建泰州的大金湖旅游，曾写了一篇随笔《忆藤茶》，其中写道：

从福建大金湖的甘露寺，买来苦藤茶。前几日泡喝，特地择一清明透亮的玻璃杯，为泡茶器皿，想看一看这些纹理严谨的藤茶，如何在水杯里慢性舒展。……再品下去，那甜，仿佛是溪水，顺着甘露寺山林的边缘，修饰着周遭的风景；又仿佛层层绿林，将阴凉一寸一寸地吸纳于其中，把甜滋味逼至尽处。……一连饮了几日，回甘东勾西点，立意入画，一股迷离古拙意境，迷漫开来，缭绕在舌尖，有点类似复调的感觉。忽然想起描写泰宁大峡谷的诗，用在此茶上也是相宜的：千奇藏幽谷，万芳盈一峡。喝苦藤茶，就有这样的感觉。茶滋味凉意沁然，仿佛深藏于幽谷，细品来，那股沁人肺腑的回甘，冲开别仄胸臆，给人别有洞天之感。

这篇小文，被上海一润茶业有限公司的董事长周东香女士从网上看到，她非常欣赏，并将此文发到微信上，让手下的每位员工细读，同时，她邀请我去她那儿品茶。

怀着采风兼好奇的心情，我决定去实地探访一下。梅雨时节的一个周六，我撑伞而行，来到沪上的闸北区，蒂芙特茶城像一朵白茶花，开在上海的东北角。

我寻到周东香主办的福鼎白茶馆，在那儿，小坐了一个上午，既欣赏了茶艺师的表演，也深入了解了白茶的风姿底蕴。

茶艺师胡建华美而娴，音乐在她身后缓缓地放着，又慢，又静，又舒展，像开出一朵花来。胡建华移步桌前泡茶、端茶，行茶优雅，动作不急不缓，举手投足之间尽显姿态优美。备具、温壶、置茶、温润、冲壶、温杯、干壶、分茶、闻香、品茗……近距离观赏着茶器细节，这行云流水的“清茶”过程，让我领略了她的风雅与安静，也感受到白茶的亮丽与新鲜。

先品的仍是老白茶，它装在一只小玻璃管里，枯淡静寂，像山中老僧，却与在大金湖品时不同，滋味淡了许多。我对品茶并不能把握许多分寸，但滋味却是有记忆的，唯有一路慢慢行去，才将那曾经的回甘找了回来，唇齿间，有一种异样的亲切柔和。

然后再依序去品白毫银针、白牡丹、寿眉，虽只这三样，却如跨越好几个调子，茶意沁然，荡漾开来，有着细腻的层次过渡。一枚叶片形白碟子里，盛着寿眉，茶形很像寿星的眉毛，泡茶后，汤色偏深，是橙黄色的，迎面仿佛有清鲜的香气扑来。比起那些陈陈相因的茶名，寿眉的确是别具一格的：它像是隶书，文气安详。而它的茶味将这种文气安详体现到了极致。让人不禁想吟：“人间绝品应难识，闲对茶经忆古人。”白毫银针是茶之极品，外形秀美，是女性的，性情如幽静的闺中少妇，香气醇厚了许多，带有别样的质感；白牡丹则如少女，茶味清腴，一杯喝下去，香艳之感云蒸霞蔚，顿时扑面，氤氲生动起来。就这样，一杯一杯地品下去，流动的盛宴一般，亦仿佛福建的山泉温润地流淌下来，静水流深，日子和缓，性情也轻触微温。

白茶只有女人才懂得。五十岁的周东香女士崇尚简单的生活，她知道，简单可以做更多事情，所以她避开种类繁复的普洱，而极力经营茶的品种更为简单的白茶。她又说：白毫银针茶性寒，女性不宜多饮；寿眉则茶性广，慈眉善目了许多，多多益善。这个信息的传递，简约又复杂，让我品白茶，多了一层高低起伏的体悟。

原来，我笔下的藤茶就是野生白茶，经过加工之后，它如今成为醇香独特的“一润老白茶”。后来，加了周东香女士的微信公众号“江河一润”，上面的《茶周刊》，经常会发布一些福鼎白茶的信息，有的是白茶与养生，有的是中医专家论白茶，有的是茶博会，让我更深入地了解到了白茶的渊源与历史，野生丫头入了大户人家，果然见识更多更广。

白茶，白茶，只是轻声读来，就被一种温润的茶香气息包围，让人不断拂下心尘，慢慢修炼成一枝花。

这一承载茶之丰盈最为坚实的福鼎白茶，隐隐勾出来的一圈温淡光泽，将持久地让我在茶文化领域里流连。

# 跋

缓慢地完成这本书，颇有些珍重芳姿昼掩门的意味。一本书能结集出版，完全是敝帚自珍的缘故，至于读者是否喜欢，颇是有些惶然的。

在上海这么多年，因为谋生，周折了很多时间，当时是不自知的，回头再看，浪费得简直奢侈。写作是近几年事，也有点想法，但是，限于才力，所想与所写，在表达上，并不能很好地契合。而且，平时常常耽溺于一些感性的表达，追求一份典雅的意境，而忽略于理性的沉思，所以写作的内容与形式，较多呈现出的是语言上的美感，而少一种思想的凝练与深邃，所以，呈现出的气象，离自己的目标相差万里。

散文的阅读，是有多重门的。理想的是，无论推开哪一扇，均能发现其中有自己喜欢的精金美玉。最近的阅读，想回归到本原，以读原著、看古书为主。每个人都是有来处的，阅读也应有来处。同时，也调整写作的节奏与内容，理想的希望是，在阅读与写作的深呼吸之中，关注文学永恒不变的诗性与哲理，最终还原出自己的写作路径。

古人云：五色令人目盲。写作也如此。在当今文字垃圾成堆的情况之下，自己平时趋向于少写，如果写作还仅止于一些五彩缤纷的谋生文字，那就还是少制造一些泡沫，少一些琐碎的、枯窘的闲谈。

而且，我现在很难目迷五色、心有旁骛了。我只想集中精力，关注于写作。平时，不论是阅读，还是行走，对浸润有古典诗意之处关注多些。这是我的大方向。我的一位复旦老师骆玉明先生，曾经写过一本《美丽古典》，这四字，恰如其分地点出了古典文学的本质。虽毕业多年，碌碌于俗事，但美丽古典所深蕴的诗意与风雅、悠闲与尊严，仍使我迷恋与喜悦。只是，古典的简洁之美、深邃之美、典雅之美，等等，我在写作之中，还没有才气去表达与展现它，只能以简洁的感怀之念，来表达自己对美丽古典的向往，同时，也会在今后的阅读与写作中，去继续领略和体悟其中的堂奥之美。

有说，写在水上的文字，是为浮辞；人生的历程，亦如水之波纹，是为浮生。而写作之梦，也是浮在水上，是为浮梦吧。

这本书断断续续，写有多年，回头再看，正有如历经梦境。

起先，打算是以上海为主题写一本书的。比如，在书中写的白玉兰、夹竹桃、古猗园、丁香花园、傅雷故居、尚贤坊等，这些都是我在上海生活十几年的印痕，写作时间较早。后来，因为工作的缘故，兴趣又有了新的转移，转向关注上海江南方面的风物，因而有了关于顾绣、园林、音乐、书画、人物方面的文章，后来的笔记，主要是围绕这方面的。

个人认为，这期间的语言文字，是有些色质的差别，但是，也都是些散漫所思，不成体系，多为青瓷碎片，上面的花鸟、山水、人物、书籍，看似繁花似锦，虽显现着瓷的圆润光泽，却都是斑斑驳驳、残缺模糊的。

书中关注的一些主题，比如园林、刺绣、书画、植物等，在以后，会进行比较深入的阅读与写作，而非本书所呈现出的一种较为浮浅的线描。这是我今后立意去努力的方向。

只是，无论身处上海，还是行走江南，始终记得，自己只是一位异乡女子，是以一种异乡人的眼光来看这都市之美，这就无形之中，会为写作烙上一种色记，是无可回避这层色差的，自己始终铭记着。

相较其他事，我最喜欢的是读书。与书相关的一些事情，比如，静静地编书，一个人逛书店，与作者联系、约稿，与朋友聊书等，都是我喜欢的。而写作，尤其是深夜里的写作，则是读书之后的自娱自乐，它营造出一处思想徜徉的幽境，自此，生活也仿佛有了矜持，不禁带着些弧度的斯文。迷恋其中，是因为里面不仅有静，还有轻水拍岸的声音，可以为自己提供一份心灵休憩的场所。

本书写作的跨度较大，是多年的随笔结集，其中多是些私人感悟，写作方向也不是以宏大的叙事为目标，而偏于细致微观的个体呈现，女性色彩较浓，这与个人的闲散性情有关。大概，我是很难写那些慷慨激昂之作的，有时，即使心中有万千感受，写出来，也只是淡成一幅水墨画。我始终追求的心境，是由东方未明转微明，回归古朴先民时代，天真且质朴。而已。

回想起来，日常生活中的行走与感悟，犹如行山阴道上，终会目见美好之色，绵绵不绝。

复旦才女、挚友汪凌为小书作序，其中透露出的水墨般的交往情谊，确实让这略感清寂的文字温暖、从容了许多。

因了女儿宜徽，给我以灵感，以她名字中一字，为书房命名，曰“清徽小筑”，我也是立意在此间，进行年深日久的阅读，于伏案之际，摩挲出美玉书籍的包浆之色，最终捧出令自己满意的作品。

然而，我也深知，实际上，人世间的大山水，比之简陋的书斋阅读与写作，又是多么气象万千。

一本书的出版，并不是结束，而永远只是下一本书的开始。而写作，该是有延长线的。我希望，我始终站在古典文学的轩廊里，向绵绵不绝的写作芳径，眺望……

消夏书

幸好，有这些消夏什物，安详静气，以微薄的力量，改变着季节的形状、质地、色彩、气息……

与一人，踱一城

**南翔小笼**

南翔小笼最迷人之处，在于有那五湖烟水的汤汁。在用力吸吮那委婉迷离的汁水时，也会品到明代文人的词意吧。

与一人，踱一城